遨 海 录

张小章 著

上海大学出版社
·上海·

图书在版编目(CIP)数据

遨海录:大脚爷爷·会飞的海龟·李海臣·海族语·遨海录/张小章著.—上海:上海大学出版社,2019.3
ISBN 978-7-5671-3274-0

Ⅰ.①遨… Ⅱ.①张… Ⅲ.①童话—作品集—中国—当代 Ⅳ.①I287.7

中国版本图书馆CIP数据核字(2019)第027414号

责任编辑 张芳英
封面绘制 宋丽萍
插图绘制 宋丽萍
封面设计 柯国富
技术编辑 金 鑫
版面设计 王 晖 徐媛媛

遨海录

张小章 著

上海大学出版社出版发行
(上海市上大路99号 邮政编码200444)
(http://www.press.shu.edu.cn 发行热线 021-66135112)
出版人 戴骏豪

*

南京展望文化发展有限公司排版
江苏句容市排印厂印刷 各地新华书店经销
开本890 mm×1240 mm 1/32 印张8 字数172千
2019年3月第1版 2019年3月第1次印刷
ISBN 978-7-5671-3274-0/I·526 定价 30.00元

前　言

　　我从2013年开始尝试写儿童小说。当时促使我动笔的只有一个原因，就是写点儿有趣、能逗乐的故事给我女儿看。因为我女儿总是缠着我给她讲笑话。我俩遛弯时，她经常对我说："爸爸，给我讲个笑话吧！"要么就是："咱俩一人一个笑话，你先来！"

　　我还记得她给我讲的第一个笑话叫《报数》。上体育课时，老师问同学们："有哪位同学会报数？"小明答："我会！"老师："好，请小明给大家示范怎么报数！"只见小明跑出队列，跑到一棵大树下，双手双脚紧紧抱在了树上。这个笑话应该是女儿从一本漫画书上看到的。她给我讲了好几遍，让我们俩开心了很久。

　　而当时我给她讲的，则是自己编的一个笑话，情节我还大概记得。有三个同学，吃早餐时在一起吹嘘谁的武功厉害。同学小甲说："我是少林派的。"同学小乙不服气："哼，我是武当派的！"同学小丙正好吃着鸡蛋，他把鸡蛋往碗里一放，大声说:"我是蛋黄派的!"我的笑话也把女儿逗得笑弯了腰。

　　为了女儿开心成长,我想写一本让她开心的故事陪伴她,这是我写这几篇小说的初衷,也是我自认为的亮点吧。因此,我坚持以"有趣"作为我讲述故事的追求。至于说故事蕴含的道理,以及它的教育意义,我想,但凡是一个好的故事,一个"好人"战胜"坏人"的故事,它总能给孩子们一些温暖、光明的启示。

张小章
2018年2月25日

目 录

关于珊瑚王国 …………………………… ⊙ 1
大脚爷爷 ………………………………… ⊙ 5
会飞的海龟 ……………………………… ⊙ 51
海骑士 …………………………………… ⊙ 83
海族语 …………………………………… ⊙ 117
遨海录 …………………………………… ⊙ 179

引　子
关于珊瑚王国

在地球上有一片浩瀚无际的海洋，叫珊瑚海。在珊瑚海里，生长着许许多多的珊瑚。它们五彩缤纷，千姿百态，有的像熊熊的火焰，有的像圆圆的蒲扇，有的像怒放的花枝，有的像高耸的雪山，有的像飘扬的秀发，还有的像灿烂的云朵。在这些美丽的珊瑚丛中，生活着许多海洋动物，有螃蟹、海龟、海豚、海星、水母、鲨鱼、鲸鱼、章鱼等等，还有许多叫不上名字的稀奇动物。

珊瑚海上有一座美丽的岛屿，名叫翡翠岛。翡翠岛是一个珊瑚岛，它就像一棵碧绿的青菜，镶嵌在珊瑚海上。翡翠岛面积有九百多平方公里，岛上常年绿树浓荫，瓜果飘香。翡翠岛的周围还有上百个小岛礁，如珍珠般散布着。

翡翠岛是珊瑚王国的主岛，岛上有一百多万人，人们世世代代居住在岛上，以捕鱼、鱼类加工和旅游业为主业。珊瑚王国有三座城市：翡翠心城、启农城和蜗城。翡翠心城位于翡翠岛中部,是珊瑚王国的首都,非常繁华。启农城建在北方的启农山旁,蜗城建在南方的蜗山旁,这两座城市都比翡翠心城小很多。珊瑚王国的王宫坐落在翡翠心城里,紧挨着仙玉海滩。王宫里生活着国王铁铼一家人。国王勤勉敬业、亲切和善,深受国民的爱戴。王后名叫金香。国王和王后育有一儿一女,儿子叫铁铛,女儿叫铁铃。

铁铛王子喜欢大海,痴迷于跟海里各种各样的鱼儿游玩。他看过很多关于鱼儿的书,懂得鱼儿的喜怒哀乐。有时,他会对国王说:"爸爸,我能听懂鱼儿的话呢!昨天我听他们说,最近海水要变凉了。"

每当这时,国王总会微笑着说:"孩子,我相信你能听得懂,因为听我爷爷的爷爷,也就是你的太太太爷爷说,咱们祖上原本就是从海里爬上岸的鱼呢。可惜我没有这个天赋,听不懂鱼儿的话,可惜啊!"

接着,一旁的王后就会笑着说:"难怪铛儿认识那么多鱼虾朋友,原来你们铁家的人都是鱼变的啊!什么时候带我回你们龙宫老家逛一逛吧!给我找些美颜草回来!"

公主铁铃则会嚷嚷道:"哥,鱼儿跟你说话的时候你怎么不叫上我啊?他们是怎么说的?你快教教我吧!"

铁铛喜欢在海里玩水。他很小就跟着珊瑚海的守护神大脚爷爷学游泳,练就了一身好水性。他游起水来就像鱼儿一样,甚至能不用任何潜水设备游到海底深处,一待就是一整天。在珊瑚王国,除了大脚爷爷,就数他游泳最厉害了。

他最好的朋友是海龟小沙。小沙也是大脚爷爷的徒弟,他长着一对水云巨翅,能够飞越万里云天。铁铛经常骑在小沙背上，上天入海，玩得不亦乐乎。

　　我从麦田王国到珊瑚王国游玩，遇到铁铠王子，和他成了好朋友。在我刚认识铁铠时，他只有十二三岁，身体壮实，眼亮如晶。

　　下面这些故事，就是我从铁铠那儿听来的。

大脚爷爷

第一章
海洋守护神

大脚爷爷是铁铛王子的师父,也是珊瑚海的守护神。他已经很老了,该有二三百岁了吧。他的额头爬满岩石般的皱纹,胡子苍苍如云。不过,他的身体仍很硬朗,面色红润,双眼湛然有神,双脚有蒲扇般大小,迈起步子噔噔有声。他住在翡翠岛东北的积云礁上,守护着珊瑚王国和珊瑚海。

大脚爷爷的水性像鱼儿一样好。如果让他和一条大鱼比赛游水,你很难分辨出哪个是鱼,哪个是他。我想这大概是因为他有一对大脚掌,又大又灵活,可以当作鱼鳍来用的缘故吧。有时候大脚爷爷赶上急事,又没有船,他就会撂下一句话:"走了!"然后跃入水中,无影无踪。不久他就在目的地出现了。最奇怪的是,他的衣服还是干干的,找不到一丁点儿水的影子。这是我最想不明白的地方。

大脚爷爷的神奇本领远不止这些。他经常骑着鲨鱼在碧波中穿梭,他还听得懂海中各种动物的话。大家都很敬畏大脚爷爷，这不仅是因为他有深不可测的本领，还因为他真心爱护海里的每个动物，甚至不惜冒着生命危险去帮助他们。有一年火山喷发，百花宫的水母们吸入了火山喷涌到海里的灰砂而中毒了，数十万只水母浑身发烫，危在旦夕。大脚爷爷得知这个情况后，只身一人赶去五百海里外的冰川王国。第二天一大早，他竟然将一座大冰山运到了百花宫，谁也不知道他是怎么做到的。在百花宫，他又帮助水母们用冰山水降温、清洗肠胃。几天辛劳之后，大脚爷爷终于帮助水母们清除了体内的灰砂毒素，挽救了这些美丽的生命。百花宫上至水母女王下至水母小兵，无不对大脚爷爷感恩于心。

大脚爷爷还能召唤龙形水幕攻击敌人，这是铁铠和小沙最想学的本领。

"什么是龙形水幕？"有一次我问铁铠。

"龙形水幕是大脚爷爷用强大的法力，把海里的波浪吸引到空中，形成飞龙形状的巨大水幕。"

"龙形水幕有什么用呢？"

"对付坏蛋啊，比如海里的怪兽和海盗。"铁铠说，"海里的怪兽可比陆地上的怪兽厉害多了。他们带领成群结队的鱼虾喽啰兴风作浪，摧毁渔船，伤害渔民和过往游客，甚至毁坏岛礁。每当这时候大脚爷爷就会出手教训他们。大脚爷爷的杀手锏就是龙形水幕和龙形冰幕。龙形水幕可以喷射阻挡敌人，龙形冰幕则可以冰封敌人。"

"你见过大脚爷爷的龙形水幕和龙形冰幕吗？"

"见过，我和小沙亲眼见过大脚爷爷用龙形冰幕冰封了海虱大军！那次我和小沙正好和大脚爷爷在一起！大脚爷爷的龙形冰幕如雪山冰瀑一样,绚丽夺目。"铁铹无比自豪地说。

大脚爷爷喜欢收集云彩,他给自己住的岛屿起名叫积云礁,把收集来的云彩都放在积云礁上。有人说积云礁总是云蒸霞蔚,看起来瑰丽无比、不同别处,因为那些云彩都是大脚爷爷收集的最美的云彩。"您收集云彩干什么用啊?"每当好奇的人们问起来,他总是笑着说:"我没有收集云彩呀,也许云彩喜欢我这个怪老头儿,飘过来陪我吧。"没错,不仅云彩喜欢大脚爷爷,人们也喜欢大脚爷爷。好多渔民都搬到积云礁附近和大脚爷爷作伴。国王铁铹经常赞叹:"大脚爷爷真是翡翠岛的守护神啊!有大脚爷爷在,什么敌人我们都不怕。"

大脚爷爷先后收了铁铹和小沙为徒弟。他经常在积云礁上教他们游水、识别海底水草、水流和山川地形,教他们分辨鱼儿的脾性、听懂鱼儿说的话。闲暇无事的时候,他也会打打鱼、晒晒太阳。但他很少有空闲的时候,因为珊瑚海需要他处理的事情实在是太多了,一会儿张家渔船搁浅啦,一会儿李家渔船漏水啦,又一会儿孙家渔船沉啦,再不就是怪兽来啦、海盗来啦。总之,大脚爷爷忙得就像风一样,很难有空坐下来。因此,假如你想到积云礁找大脚爷爷,可是很难找得到的。

大脚爷爷当珊瑚海的守护神,已经有二百多个年头了。但最初的时候,大脚爷爷和岛上大多数居民一样,也是一位普通的渔民。他是怎么成为珊瑚海的守护神的呢?你去珊瑚王国问这个问题,肯定会有不少人抢着给你讲关于大脚爷爷的故事的。

第二章

登陆翡翠岛

大约三百年前,麦田王国猎户村有一个年轻的猎人,名叫史大觉。史大觉因为有一双特大的脚板,被人称为"大脚"。在附近十里八村,大觉的本名反而不如"大脚"响亮了。大脚的妻子叫甘清露,儿子叫史海宝。

大脚三十多岁时,麦田王国连年战乱,又赶上大旱,以致许多人家生计艰难,纷纷移居他乡。大脚和同村好友铁锋一起,带着妻子和孩子,从麦田王国东南海岸出海,远渡珊瑚海,准备一路向南到卓东群岛去谋生。当时,大脚的儿子海宝十五岁,铁锋的儿子小铿十二岁,女儿小钥九岁。

大脚他们驾船在海上走了几天几夜,因为看错了海图,加上风向改变的缘故,他们迷失了方向,糊里糊涂到了一座海岛。登上岛后,他们才发现登上的不是他们要去的卓东岛,而是一座无人荒岛。这个无人荒岛十分大:近处山丘起伏,远处原野纵横,极目北望,还有高山隐在云中。他们十分高兴,决定就在这个岛上安家。小钥看这个岛上树木很多,远远看上去就像一棵绿色的青菜,便说:"咱们叫它青菜岛吧?"

小铿不同意:"我觉得叫肉骨头岛好些,我可不想天天吃什么青菜。"

海宝说:"那就叫青菜炖骨头好了。"

大脚一听乐了:"你们啊,我看叫胡说八岛得了。"

小钥妈妈看小钥不高兴了,对小钥说:"咱们叫它翡翠岛好不好?"

小钥一听,高兴地说:"嗯,嗯,翡翠岛好听!"于是,这个无名荒岛就叫翡翠岛了。

第二天,大脚和铁锋从临时住地出发去查看岛上的环境,选择安家地点。他们沿着东海岸往北走,走了近十公里后,发现海岸往西凹进,形成了一个被海岸半包围的海湾,这儿风平浪静,鱼虾十分丰富。临岸地势逶迤而上,是一座小山。在山脚有一处视野开阔、地面平整的草地,很适合建房居住。

大脚说:"就在这儿安家怎么样?海湾里可以泊船,出海打鱼也方便。"

铁锋点点头:"不错,这个地方很好。"

当天,两家人搭起了两个木头棚屋,大脚家住一间,铁锋家住另一间。大脚看着两间简陋的棚屋,闻着棚屋散发出的楝木香味,心里想:"这就算安家啦。明天再给棚屋升级,变成木屋,以后慢慢盖石屋。"

大脚不知道,他们的棚屋紧邻着的这个海湾,是个鳄鱼湾。鳄鱼湾里生活着数百头凶猛的海鳄,大的有三四米长,小的也有一两米长,其中的鳄鱼大王,身长近五米。白天天气热，海鳄们都藏在海水里的岩石洞中，因此，没有被大脚他们发现。

就在大脚和铁锋两家人兴高采烈地从山上砍木头来搭棚屋的时候，鳄鱼湾的两头鳄鱼兄弟悄悄溜上了岸，在暗中窥探着忙碌的人们。

"这些人是哪儿来的？"其中一只叫斗斗的鳄鱼问。

"当然是从别处来的。"另一只叫退退的鳄鱼很有把握地说。

"他们是干嘛的？是渔民还是猎人？"斗斗又问。

"当然是猎人，你没看他们在岸上活动吗？"

"那他们要是一会儿到海里来呢？"

"那就是渔民啊。早就告诉你了，渔民就是在海里捕鱼的，猎人就是在岸上捕兽的。"

"不管是渔民还是猎人，反正都会杀咱们吧？"

"是啊，谁让咱们一会儿在岸上活动，一会儿在水里泡着呢。"

"这有什么不好？他们在岸上的时候，咱们就待在海里；他们到海里捉咱们的时候，咱们就跑到岸上。这样不挺好么？他们永远捉不住咱们。"斗斗挺有把握地说。

退退虽然觉得斗斗的看法挺高明的，但又不能认输，便扯开话题说道："咱们赶快回去，向大王报告有人登岛了！"

第三章
结仇鳄鱼湾

　　鳄鱼斗斗和退退溜回鳄鱼湾，在一块大礁岩后找到了鳄鱼大王。鳄鱼大王的头上有红色的火焰斑纹，身长近五米，像小船一样大，被鳄鱼湾的动物们称作火纹鳄王。火纹鳄王栖息的大礁岩被鳄鱼们称为扇贝巨石，像张开的两扇巨型贝壳，火纹鳄王能钻入其中，十分舒适。

　　"大王，岛上来人了。"退退抢先一步报告说。

　　"唔？多少人？"火纹鳄王问。

　　"四五个吧。"斗斗这次成功抢答。

　　"不对，不对啊！"退退说，"明明是六七个嘛，三四个大人，三四个小孩。"

　　"到底是几个人？你们这两个糊涂蛋。"火纹鳄王瞪了瞪两个不得力的手下。

　　"是，是，就是六七个，三四个大人，三四个小孩。"斗斗想了想，还是觉得退退说的更准确些。

"来就来吧,以前也有人来过,不都待个几天就走了嘛。"火纹鳄王缓缓摇了摇头,自言自语地说。他懒得搭理那些人,只想舒舒服服再睡一觉,养足精神,晚上好上岸找些美味饱餐一顿。

"他们在咱们上山的路上搭房子住下了,看来是不打算走了!"退退又报告自己发现的新情报。他心里暗暗想:"我这个情报多重要啊。唉,没有我,鳄鱼湾可怎么得了?"

"嗯?有这等事?"火纹鳄王瞪起了眼睛,"那咱们以后还怎么上山吃肉?"

火纹鳄鱼把身子往外游了游,让脑袋整个儿露出水面,长长吐了口气,说道:"那还等什么?今晚就去咬死他们。"他又对退退说:"你,挑十个兄弟,今晚咱们去吃掉他们的小孩,看他们还敢待在上面不走?"

退退得到大王的重用,十分高兴,喜滋滋地去挑选晚上执行任务的鳄鱼去了。斗斗赶紧跟了过去,想跟退退说说好话,求他一定把自己挑上。

以前,退退其实是不受大王重视的,不仅不受重视,还老被其他鳄鱼们瞧不起,因为他打斗时总是说:"快退,快退,退回来再说!"久而久之,大家就叫他退退了,意思是,你这家伙胆子忒小,除了能后退,你还能干嘛?

而斗斗则不然,他头脑简单,勇猛好斗,因此他在鳄鱼湾的名气比退退大。但今天大王似乎更欣赏退退些,这让斗斗有些困惑不解。

当晚,棚屋中的孩子们在海浪声的温柔伴奏下,睡得很香。这算是孩子们出海后第一次住在有顶的房子里,他们有的呼呼打着呼噜，有的偶尔来一句梦话、蹬一下被子。大脚睡不着，和铁锋在棚屋侧面的石头上一边聊天，一边给家人们站岗，防止野兽来袭。

"大脚哥，咱们以后是打猎还是捕鱼？"铁锋问大脚。他和大脚以兄弟相称，大脚比他大两岁，他管大脚叫哥哥。

"我看海滩上的水洼里都有好多鱼，轻松捡捡几天都吃不完。要不咱们以捕鱼为主吧？什么时候需要毛皮了，或者想吃野味了，就去山上打打猎。"

"嗯，这样挺好。打猎费劲不说，危险还大，虽然咱们现在年轻力壮，但总有老的一天。"铁锋赞同大脚的想法。

"希望在咱们老的时候，孩子们不愁吃不愁穿，住在大石头房子里，又宽敞又明亮。"

"孩子们这些天也真是吃了不少苦。"

"岂止孩子们，两位妈妈也吃了不少苦啊。"

兄弟俩你一句我一句，聊到星光带露，月船高挂。就在两人起身准备回棚屋睡觉时，突然大脚听到远处草丛中传来窸窸窣窣的声音。

"谁？"大脚警觉地问道，随手抄起了身旁的猎叉。

铁锋也听到声音，他拿起手边的猎刀，跟着大喊道："什么东西？"

明亮的月光下，只见五六只巨大的鳄鱼从草丛中爬了出来。大脚看到这些鳄鱼，大吃一惊："哪儿来的这么些大鳄鱼？"他和铁锋以前虽然常年打猎，但从没有见过鳄鱼，他们担心妻儿们受伤，心里紧张得怦怦直跳。

"啊，大脚快来！"棚屋里突然传出妻子清露的声音。大脚几步冲进了自家棚屋,只见一条五米来长的巨鳄正朝妻子扑去,妻子挡在儿子身前,举着一个脸盆抵挡巨鳄的进攻。这巨鳄额头上有红色火焰斑纹,正是火纹鳄王!

原来,当晚天黑后,火纹鳄王带着十只鳄鱼,从鳄鱼湾爬了上来,准备夜袭人们的棚屋。火纹鳄王发现有两个男人坐在棚屋旁的石头上聊天,身旁还有刀叉,便不敢轻举妄动,想等这两人进屋睡觉后再动手偷袭。可是,鳄鱼们等了很久也不见这两人挪一下窝,火纹鳄王等得不耐烦了,便命令退退带着五只鳄鱼从两人正面佯攻,自己则带着斗斗和剩下的鳄鱼从棚屋背后钻进去偷袭。火纹鳄王心里盘算着:"屋里都是小孩和女人,怎么着都能咬死几个!"

遨海录

说时迟,那时快,大脚看到火纹鳄王扑向妻子和儿子,心急如焚!他一个箭步冲了上去,举起钢叉,对着火纹鳄王的眼睛使劲扎了下去。他常年打猎,经验丰富,知道野兽们的弱点在哪儿。

只听"嗷"的一声惨叫,火纹鳄王右眼被扎伤,鲜血喷出,他头疼欲裂,扭身向外逃去。身后的三条鳄鱼见状,赶紧跟着溜走了。就在这时,大脚才听到铁锋家那边的棚屋里也传出了惊呼声,正是铁锋妻子阿秋和两个孩子的声音。

"跟着我!"大脚对妻子和儿子招呼一声,便朝另一间棚屋冲去。进了屋,他看到一只鳄鱼已经咬住了阿秋的左胳膊,正在往棚屋后面的草地上拖去,还有一只鳄鱼在攻击小铿和小钥。小铿倒是十分勇敢,他护住妹妹小钥,端着一个脸盆,挡在自己身前。

"你们帮小铿!"大脚对妻子和儿子说着,向咬住阿秋的鳄鱼奔去。

咬住阿秋的正是鳄鱼斗斗。他想在今晚立一大功,既然已经咬住了阿秋,到嘴的肉怎肯轻易放过?他拖着阿秋朝草地退去,甚至不愿另一只鳄鱼帮忙。阿秋被鳄鱼咬着胳膊,不住呼喊铁锋救命,铁锋正在棚屋前面和六只鳄鱼打斗,脱不开身,心里不住叫苦。

大脚喊道:"阿秋别慌,我来了!"说话间,已经奔到阿秋身旁,瞪眼抡叉便朝鳄鱼斗斗扎去。斗斗咬着阿秋胳膊,大脚没法扎他的眼睛,怕误伤了阿秋,他朝斗斗的腹部扎去。噗的一声,钢叉扎进斗斗腹部,入肉一拳的深浅。斗斗突然被扎,肚皮一阵刺痛,嗷的一声叫,张嘴松开了阿秋。阿秋赶紧往棚屋爬回去。斗斗猛力挣扎,差点将大脚的钢叉挣脱手。大脚奋力往后拔出钢叉,又朝斗斗的双眼扎去。谁知斗斗凑巧摆头过来,一通乱咬,将大脚的右手指咬下两节。大脚的钢叉一偏,扎在斗斗的脸上,顺着斗斗的鼻梁划出两道深深的血印。大脚知道情况危急,不能有丝毫畏缩,他不顾右手的伤口正鲜血淋漓,大喝一声,举钢叉又朝鳄鱼斗斗的眼睛扎去。

斗斗看见大脚如此神勇,顿时胆怯,转身逃窜而去。跟着斗斗围攻大脚的鳄鱼也随着逃下了山脚。另外一只鳄鱼本来在棚屋里跟清露和三个孩子僵持不下,听到斗斗嗷嗷叫着逃跑了,也赶紧溜走了。

大脚赶紧扶起阿秋,清露和几个孩子过来帮忙搀扶着阿秋,几人一起赶到棚屋前面。只见铁锋正左劈右砍,拼力应对六只鳄鱼的围攻,他的腿上和胳膊上不住地滴血。大脚大吼一声,冲上去和铁锋背靠背对付六只鳄鱼,铁锋看到大脚赶来相助,顿时精神大振。

大脚笑着喊道:"兄弟,这送上门的猎物,咱们可得妥妥收下了!"

看到大脚来帮忙,又看见阿秋和孩子都安全了,铁锋放心多了,他挥舞着猎刀大声说:"扒了这些家伙的皮,给孩子们做衣服穿!"

见到两位爸爸和六只大鳄鱼一边恶斗、一边还谈笑风生,一旁的海宝禁不住跃跃欲试,想上前去助爸爸们一臂之力,他抄起一根木棒就向最近的鳄鱼冲去。清露连忙制止了儿子,她让海宝赶紧去点一根火把来。

鳄鱼退退看到大王和斗斗他们已经败退,又看到铁锋来了这么些帮手还越战越勇,早已没有了斗志,想要开溜。这时,海宝举着火把从棚屋里冲了出来,喊道:"烧死你们!烧死你们!"退退看见情势不妙,再打下去就变成柴火熏肉了!他赶紧对剩下的鳄鱼们喊道:"快退,快退,退回去再说!"他带着剩下的五头鳄鱼朝山脚下的鳄鱼湾仓皇逃去。退退在关键时刻还是充分发挥了自己"见势不妙撒腿就跑"的特长。

一场人鳄大战过后,两家人都受伤不轻。大脚右手无名指和小拇指没了两节。铁锋胳膊和腿被鳄鱼咬出了十来处伤口。受伤最严重的是阿秋,她的左小臂被咬穿,骨头都被咬碎了。清露和三个孩子都还好,没有受什么大伤。三个孩子都很勇敢,没有被鳄鱼吓哭,包括九岁的小钥。"不愧是猎人家的孩子。"大人们感到很欣慰。

当晚,众人包扎好伤口,在忐忑不安中睡去。海宝不肯睡觉,非要替爸爸站岗放哨,大脚竟然同意了。大脚让海宝把火把插在石头缝隙中一直烧着,还叮嘱海宝:"千万不可打盹,一有动静,马上喊叫!"说完他便进棚屋睡觉去了。

第二天一早,大脚便拿着钢叉匆匆出门去了,中午时分才回来。这次出门收获不小,这不,老远便听见他的喊声:"兄弟,我在往南大约六七公里的地方,找了一处安家的好地方,咱们搬到那儿去!"

铁锋高兴地迎了过来:"太好了,大脚哥!不过,下次有事一定叫上我,我跟你一起去!"

大脚扶着铁锋的胳膊,关切地说:"你怎么起来了?你和阿秋都受伤不轻,需要多休息休息。"

铁锋嘿嘿一笑,说道:"我们听嫂子说你去挑选新家地址了,就带着孩子们把东西收拾好啦。"

大脚仔细朝前面看了看,连连点头称赞道:"这么快就把所有东西都收好了,厉害啊!棚屋也拆了,木材还码放得如此齐整,这活儿干得漂亮!这样咱们下午就能搬家啦!"

当天,大脚就带领大家搬离了鳄鱼湾,在新选的地方重新搭起棚屋安了家。新家位于离海岸五公里的丘陵上,这是一处平坦干净、地势隆起的砂砾地,大脚称它为"砂砾高地"。砂砾高地视野开阔,没有草木,野兽不易袭击。这里虽然离海岸远些,打鱼出海不那么便利,但毕竟安全得多。

第四章
偷袭砂砾地

遨海录

　　再说说火纹鳄王当晚逃回鳄鱼湾后发生的事。一起袭击棚屋的十来只鳄鱼，个个都丢盔弃甲，逃窜回来，聚集在扇贝巨石周围。

　　鳄鱼退退在逃回来时，爬得很快，把别的鳄鱼都甩在了身后。他趴在离火纹鳄王不远的水中，悄悄看了看四周的鳄鱼，发现大家都受了伤。火纹鳄王的右眼被扎瞎了，斗斗的肚子和鼻梁被刺伤了。其余的鳄鱼，有的脖子被刺穿，有的脚爪被砍断，还有的嘴巴被砍伤，没有一个幸免的。看起来，大王受的伤是最重的，自己反倒是受伤最轻的，几乎没有伤！这一发现吓得他不轻，本能地往水下潜了几分。他想挪到其他鳄鱼后面躲起来，可是大王受了重伤，正怒火中烧呢，大王不让动，谁敢轻举妄动？惹毛了大王可就惨了，可不是打一巴掌能解决的，断脚断爪都算小事，小命都可能没了。因此，他趴着一动不动，连大气都不敢出。

火纹鳄王右眼火辣辣地疼，他没有注意手下们此时的表情，而是在担心另一个严重的问题："如果绿头菜菜这时候来挑战我怎么办？我这个大王的位置还保得住吗？"绿头菜菜是鳄鱼湾鳄鱼群中的狠角色，一直想争夺鳄鱼湾的王位。上次在鳄鱼湾西岸，为了争夺鳄王，他俩进行了一场凶险的决斗，最终火纹鳄王侥幸咬伤了绿头菜菜的脖子，才勉强赢了，保住了鳄王的位置。

当时没有咬死绿头菜菜，是因为绿头菜菜也有一帮兄弟，他们当时虎视眈眈地盯着自己。火纹鳄王怕咬死了绿头菜菜，会引起鳄鱼们群殴，到时候两败俱伤，这对于他统治鳄鱼湾并没有什么好处，因此，他放了绿头菜菜一马。现在回想起来，当时真应该将绿头菜菜咬死啊，一时手软，结果留下了这么大隐患！

现在自己受了重伤，如果绿头菜菜知道了这个消息，很可能过来再次发动挑战，抢夺鳄王位置。情势对自己很不利呀，搞不好连命都保不住。到时候，鳄鱼湾就再也没有火纹鳄王了，而是多了一个绿头菜菜鳄王。哦，不，那时候就不叫绿头菜菜鳄王了，而是叫绿纹鳄王。

想到这儿，火纹鳄王环顾了一下四周。忽然，他计上心来。只听他鼻子里沉沉地哼了一声，对众鳄鱼说："你们都咬着人了吗？"

鳄鱼们你看看我，我看看你，不知大王想要什么样的答案。

还是斗斗胆子大，他大声回了句："我咬着了那女人的胳膊，可惜没来得及咽下去！"

"很好，很好。"火纹鳄王点点头，"那你说，我该怎么奖赏你？"

斗斗讨好地说："我不要奖赏。大王都受伤了，大王早日康复就是对我最大的奖赏。"

火纹鳄王缓缓低头，凝视着斗斗。他的右眼不时溢出一点血丝，左眼却露出残忍的狞笑："很好，很好！"突然，他一个猛扑，朝斗斗狠狠地咬了过去。

斗斗猛然惊起，本能地后退，颤抖着叫道："怎么了大王！您为什么咬我？"

谁知火纹鳄王的目标并不是斗斗，而是斗斗身后的退退！退退猝不及防，左前脚掌一下子被咬掉了一大块。他疼得嗷嗷号叫起来，不明白大王为什么突然咬他。

"今晚的事，谁也不准说出去，否则，这个胆小鬼就是榜样！"火纹鳄王说完，懒懒地闭起了眼睛，"你们都走，斗斗留下来陪我。"

这一下出手，火纹鳄王既教训了胆小鬼退退，又警告了手下鳄鱼们不得泄露自己受伤的消息，一举两得，火纹鳄王对自己的聪明才智很是满意。

退退疼了一晚上，也琢磨了一晚上。自己分明什么都没说，什么都没做，可大王为什么要咬自己呢？想不通，实在是想不通。好在他不是很笨，也喜欢琢磨大王的心思，快天亮的时候，他终于想明白了："大王肯定是担心绿头菜菜来挑战他，所以不准我们泄露他受伤的消息啊！"想明白了这点，他自然是半句也不敢多说，其他几头鳄鱼也没有跟别的鳄鱼说起这事。大家心照不宣，都装作什么事情都没发生过一样。

一个月后，火纹鳄王的伤好得差不多了。不过，就在这时，绿头菜菜终于还是发现了火纹鳄王受伤的秘密。虽然挑战火纹鳄王有很大的风险，但绿头菜菜还是想再试一试。在一个黑漆漆的夜晚，绿头菜菜带着他的近百头鳄鱼兄弟偷袭了火纹鳄王。谁知火纹鳄王早有防备，带着斗斗和退退等一百多手下布下埋伏，就等绿头菜菜他们上钩呢。

上次偷袭棚屋虽然受了伤，但火纹鳄王一直在努力训练，这段日子他的搏斗本领突飞猛进。最终，这场大战以火纹鳄王又一次咬住绿头菜菜的脖子而告终。不过，这一次，他没有放过绿头菜菜，直接将他咬死了。绿头菜菜被吃得只剩下了一堆白骨。绿头菜菜的兄弟们眼看着大哥落得如此凄惨的下场，无不毛骨悚然，他们都战战兢兢地归顺了火纹鳄王。火纹鳄王在鳄鱼湾的地位空前巩固。

至此，火纹鳄王才真正觉得没有了后顾之忧，开始全心全意对付岸上的人们，特别是那个让他失去右眼的使钢叉的猎人！

再说大脚带领两家人在砂砾高地进行的安家工程。在砂砾高地搭起棚屋住下的第二天，大脚就带着清露和海宝去鳄鱼湾旁的野楝山上砍伐楝树。铁锋和阿秋因为有伤在身，留在砂砾高地。大脚一家人先把砍伐的楝树分批运回高地，接着和铁锋家一起，在两个木棚屋周围修了一大圈木桩围墙。大脚还带着孩子们搬来石头，给院墙加固加厚，又给棚屋加筑木墙，把棚屋升级为四面有墙的房屋。阿秋虽然左胳膊受伤，但仍坚持每天给大家做饭。小铿和小钥虽然年龄不大，但积极性很高，帮大人们干了不少的活儿,你争我抢不肯被落下。就这样,大家辛苦劳作两个多月后,安家工程总算大功告成了。

大脚站在院中,看着两间大木屋和四周坚固厚实的院墙,满意地说:"晚上终于不用再留人放哨了,大伙都能睡安稳啦。"

小钥说:"咱家有两张床了,我终于不用闻哥哥的臭脚了。"

小铿嘿嘿一笑,说:"我也可以不用天天洗脚了。"

阿秋道:"你和你爸脚实在太臭了,我和小钥一定要睡靠窗户的那张床,还要盼着天天有风给吹吹臭味。"

铁锋道:"那咱们还应该盖更大的房子,每人一个房间,随便怎么臭都可以。"

大脚哈哈一笑:"对,咱们以后还要盖更好更大的房子!"

孩子们都欢呼起来:"盖大房子喽,盖大房子喽!"

在此后的几个月里,陆续又有三家人从麦田王国漂洋过海来到翡翠岛。大脚很高兴地说:"来的人多了,荒岛人气就多了,大家互相帮助,日子会越来越好。"新来的三家人本来在离海岸较近的地方建了棚屋,大脚去拜访了他们,告诉他们鳄鱼湾里有凶狠的鳄鱼,那三家人立马也搬到了砂砾高地,盖起了房子,五家人比邻而居。

五家人有十多个孩子,其中海宝年龄最大。他常和大人们一起出海打鱼,并不常和小孩们一起玩儿。一天,五家的男人们相约出海捕鱼,每家一条船。以前出海,因为船都不大,便没有到过远的海域;再说也没有必要,因为近处的鱼儿都够吃了。这一次他们准备去的地方是一个长有很多珍稀珊瑚石的小岛。他们打算采一些珊瑚石回来,等附近有商船经过时,拿珊瑚石和过往的商船换一些日用品。

到了傍晚,家里的妈妈们已经做好了晚饭,房前屋后也收拾得干净利索,就等着出海的爸爸们回家。可是左等右等也见不到人影。在清露的建议下,几个妈妈相约到海岸边,看看是不是船已经回来了,需要帮忙卸货。阿秋因为胳膊被鳄鱼咬伤还没有好利索,便仍留在家里看着孩子们。

几个孩子在院门外的场地上玩耍。他们得知妈妈们都去海边迎接爸爸们去了,也都想跟去看热闹。在小铿的提议下,几个孩子悄悄溜下了砂砾高地往海边跑去。没想到,半路上,从草丛中窜出来一群凶猛的鳄鱼,将他们团团围住了。

这群鳄鱼正是火纹鳄王和他的手下,这帮家伙其实早有预谋。火纹鳄王自从巩固了自己的王位后,便开始到处寻找大脚和他的家人,想要报右眼被刺瞎之仇。他派出上百头鳄鱼沿着海岸到处搜寻,找了好多天,都没有发现人影。他以为这些人已经离岛而去了,很有些失望。直到十多天前,他才接到斗斗和退退的报告,刺伤他的那些人在离鳄鱼湾很远的一片砂砾地上盖了房子安了家。只是那儿地势又高又空旷,人们还修了院子,不太好偷袭了。

"给我盯着,我就不信他们不出来。"火纹鳄王恶狠狠地说。

就这样,鳄鱼王派人每天都死死地盯着砂砾高地,有什么情况立马汇报。这天早上,鳄鱼斗斗看到从砂砾高地出来不少男人,数了数,差不多有七八个。

"那剩下的就没有几个啦。"斗斗说。

"剩下的还有十几个,只是没有大男人了。"退退说。

"快回家报告大王,这是个机会啊。"斗斗又说。

"你快去，我看着。"退退不想动。

"好！"斗斗连忙回鳄鱼湾给大王报告。

退退刚说完就后悔了，他觉得这个立功的机会不应该偷懒让给斗斗，但后悔也来不及了，斗斗已经嗖嗖地爬远了。

火纹鳄王听到报告，带了二十多头鳄鱼，朝砂砾高地奔来。在斗斗的指引下，他们很快就到达了退退藏身的草丛。

退退这次不敢怯阵退缩，他说："大王，他们就在那上面，咱们现在就冲过去吗？"

火纹鳄王伸掌按住他的肩膀："没看见有院子吗？咱们能冲进去吗？再等等，等他们出来。"

斗斗很心急："一会儿那些男人们回来了，咱们就不容易得手了啊。"

火纹鳄王嘿嘿一笑，说："我知道他们在哪儿靠岸，已经派一队鳄鱼到海边拦截他们了。哼，在海里，他们根本不是咱们的对手。"

退退心里想："那在岸上呢？咱们的胜算大不大啊？"

终于，鳄鱼们看到女人们下山了，斗斗急忙问："大王，肉来了，咱们是不是可以冲过去了？"

"放她们走，咱们咬小孩，更容易得手！"火纹鳄王盯着砂砾高地上玩耍的孩子们，恶狠狠地说。

妈妈们身影消失不久，鳄鱼们正准备爬上去，却发现孩子们竟溜下了砂砾高地，他们是想去海边给大人们帮忙的。

火纹鳄王大喜："还等什么？出去拦住他们！"他一声令下，鳄鱼们冲出草丛拦住了孩子们的去路。

鳄鱼们张牙舞爪地冲出来，本来以为能把这群小孩给吓傻的，谁知这些从海上漂泊过来的孩子，都经历过不少风浪，在短暂的惊慌失措后，很快冷静了下来，紧紧地盯着这些鳄鱼，想着怎么脱身。鳄鱼们张牙舞爪，嗷嗷狂吼，似乎马上要扑上来。

小铿有过对付鳄鱼的经历，知道这些鳄鱼的厉害。他小声对伙伴们说："等我喊跑的时候，大家先散开跑，然后往院里跑！我妈和海宝哥在院里。"

"跑！快跑！"小铿大喊着，带头朝砂砾高地跑去。这五六个溜下来准备去海边的孩子，是几个大男孩，小一点的男孩儿和女孩儿都被大孩子们甩在高地上了。那些小屁孩们正羡慕地看着这些大男孩奔跑，还以为他们在玩什么游戏呢。

"小钥，快跑！鳄鱼来了！"小铿边跑边朝妹妹喊。一个不留神，小铿摔了个跟头。不过他一个前滚翻，站起来又接着跑，追他的鳄鱼斗斗哪儿追得上，扭头追别的孩子去了。

小钥听到哥哥的喊声，朝院门跑去，边跑边喊："妈，妈！鳄鱼又来了！海宝哥，快来救我们！"

这天海宝没有和爸爸出海，他前一天干活扭伤了右手，在家休息。听到声音，他立马抄起钢叉，冲了出来。阿秋听到喊声也跑了出来。她上次被鳄鱼咬断了左胳膊，没法握重物。不过她准备了几个蘸油的火把，专门用来对付来袭的野兽。这时，她连忙点上了火把，跑到院前。

五个孩子都跑上了石坡，但有一个孩子鞋子不给力，脚底一滑，滚下了石坡，被鳄鱼们围住了。要知道，总有一些熊孩子平时跑得飞快，一到关键时刻就掉链子的。那孩子是毛家的孩子毛二开。海宝赶紧冲过去救毛二开，阿秋也举着火把冲了过去。

鳄鱼们很害怕阿秋的火把，他们来不及吃毛二开，只是咬着毛二开朝海边拖去,他们知道到海里就是他们的天下了。海宝一路追赶着鳄鱼,不停用钢叉刺向咬着毛二开的大鳄鱼。他看见那鳄鱼正是上次那只额头有火纹的大鳄鱼,但是他并不害怕。十几只鳄鱼围着他乱窜,他左跳右跳,不停地用钢叉朝火纹鳄王刺去,不让火纹鳄王有空去伤害毛二开。阿秋在旁边举着火把,四下挥舞着,鳄鱼们都不敢靠近。

出海一天的爸爸们终于看见了不远处的砂砾高地的家,妈妈们也跟着一起回来了。珊瑚没有搬回来,就储藏在海岸不远的山洞中。不管怎么说,劳累了一天,总算采了不少珊瑚,大伙儿心里都很高兴。妈妈们在海边遇到了爸爸们,帮着把珊瑚卸下船后,一起赶回家来。他们一边走着,一边议论着在海滩上遭遇鳄鱼袭击的事情,觉得有些不可思议。

毛二开的爸爸毛朗说:"这些鳄鱼竟敢攻击渔船,幸好我们带着鱼叉。"

木家的爷爷说:"他们吃饱了撑的?那么多鱼和海龟,岸上还有动物,他们还吃不饱,竟敢来咬人。"

"荒岛的鳄鱼就是胆大。"清露说。

大脚说:"这两天我看鳄鱼湾的鳄鱼,都活动到咱们房子四周了,草地上有不少他们的粪便。"

铁锋摇头叹息:"鳄鱼湾那边山上的楝树不错,就是鳄鱼太多。"

众人议论着,走到砂砾高地上的家门外。院门紧紧闭着,院里悄无人声。大脚喊道:"孩子们呢?都去哪儿了?"

孩子们听到是大人的声音,都欢呼起来:"我们胜利了,我们胜利了!"

大人们很诧异："怎么啦？什么胜利啦？又在玩鳄鱼来了的游戏呢？"

小铿说："我们刚才被鳄鱼咬，是真的！特别大的鳄鱼，有几十只呢。"

大脚问小铿怎么回事。小铿也很惊讶："你们没有看到我妈和海宝哥吗？他们救毛二开去了啊。应该到了海边。"小铿于是将小伙伴们遭遇鳄鱼群袭击的前后经过告诉了大脚。

听说海宝和阿秋跟鳄鱼群搏斗到了海边，大脚的脑子嗡地一下响了，急忙朝海边跑去。他手里握有钢叉，这是当猎户养成的习惯。铁锋也紧跟在大脚身后朝海边跑。众人都跟着大脚往海边跑。大脚大喊："大家分两拨，分头沿海滩找！女的回家看着孩子们！"

大脚这一队人往鳄鱼湾方向跑去。后面的妈妈有的不放心，举着火把也追了出来。大脚在沙滩边发现了昏迷的阿秋。铁锋留下来照顾妻子阿秋。他发觉阿秋没有什么外伤，就是昏迷了，稍稍安心了些。又有人在前面海滩上发现了毛二开，毛二开的裤子和上衣都被扯破了，双腿被咬得鲜血淋漓，昏迷不醒，把他爸妈吓坏了，以为他已经死了。大脚上前一探他的鼻子和脖子的脉搏，说道："还有救！"经过查看伤口，二开除了流了不少血外，竟然没有特别大的伤。他的腿骨竟然没有被咬碎，看来可能是因为鳄鱼们嘴太大而二开的腿太细，还不够巨鳄们塞牙缝的原因。

众人继续跑着，一路上大喊着海宝的名字。清露的声音最大，她是边哭边喊的。可是无论人们用多大的力气，都听不到海宝的回应声。在这夏季的深夜，潮湿的海风裹着人们的呼喊声，吹到天亮。

人们沿着海岸向两头走了一圈，也没有发现海宝的踪影。"看来，海宝被鳄鱼害死了，他用自己的命换回了毛二开的命。"众人都这么想。但他们仍安慰大脚和清露："没有看到海宝的人影，就不能算死。也许，海宝被海水冲走了，冲到哪个海岸上了呢。"大脚夫妻俩哽咽着说："海宝一定没有死，我们俩会找到他的！"他们比别的人更坚信海宝还活着，他肯定被人救走啦。

阿秋和毛二开第二天就醒过来了。阿秋讲了她和海宝跟鳄鱼们搏斗的经过。他俩紧紧追赶着鳄鱼群，海宝不停地用钢叉猛刺鳄鱼，不让鳄鱼们有机会去吃掉毛二开。跟在身旁的阿秋举着火把驱赶逼近的鳄鱼。但鳄鱼们十分狡猾，他们朝海里爬去。海宝和阿秋追到海里，水没过他俩的膝盖，海宝的动作渐渐变得迟滞起来。阿秋的火把也突然熄灭了。毛二开被鳄鱼王叼在了嘴里，阿秋和海宝左支右挡，险象环生，难以相救。听到阿秋讲到这里，众人的手心都紧张得冒出了汗。

遨海录

眼看毛二开、海宝和阿秋三人就要丧生在鳄鱼们的血盆大口之下了，平静的海面突然卷起一股巨浪，巨浪朝鳄鱼群冲来，将鳄鱼们高高卷起，又重重摔到海里。阿秋、海宝和毛二开三人也被巨浪卷了起来。毛二开就是那时摔下来摔晕的，阿秋从空中落下来后也摔晕了，所以海宝后来怎么样，她也不知道。

在失去海宝的日子里，大脚和清露天天都到海滩上寻找，他们盼望着忽然看到一艘船，开到他们面前，上面跳下海宝来，对他们喊："爸，妈，我回来啦！"

毛二开的爸爸毛朗多次提议去鳄鱼湾杀鳄鱼给海宝报仇，铁锋也喊着要去，但都被大脚拦住了，他说："我们要筹划得再细一些，争取将鳄鱼湾的鳄鱼祸害一举消灭了！"

第五章
火烧野楝山

说来奇怪,自从那天偷袭了砂砾高地后,鳄鱼湾的鳄鱼们再也没有来砂砾高地骚扰过人们,也许他们忌惮人们的火把,也许他感受到了人们复仇的火焰,总之再也没有到砂砾高地来过,更没有袭击过人们的居所。他们老老实实地在鳄鱼湾以北活动,最多也就是到鳄鱼湾上的野楝山捕食小动物。

时间过去了半年,转眼来到第二年春天。

这时来到翡翠岛的人,已经激增到两百多户人家上千口人。很多人把家往翡翠岛内陆搬,人们活动的区域已经从南方的蜗山扩展到北方的启农山。一些没有名字的地方,人们依据地理形貌,给了他们亲切形象的名字,比如蜗山、启农山。每一个获得名字的地方像获得了新生命一般,它表明这个地方已经和人类发生了亲密的接触,留下了人们的情感烙印。

不过大多数人仍然住在砂砾高地周围,那儿靠近海滩,出海打鱼方便。砂砾高地变成了一个大村落,人们称之为砂砾村。人们推举大脚当砂砾村的村长，大脚推辞说自己的右手少了两节手指，无法写字记账，当村长不方便。他推荐了铁锋，铁锋也坚决推辞。

铁锋对大脚说："大脚哥，当村长是带领大家打鱼讨生活，很辛苦，不是什么好差事，需要有本事、有担当的人啊，你就是最合适的，大伙儿都信任你。"

毛朗等人也说："对，大脚当村长，我们都会听你的！"

就这样，大脚当了村长。他带领村民们打鱼、采珊瑚、与过往商船做贸易，人们的生活越来越好，比在麦田王国时好了很多很多。

一天，大脚找来铁锋，对铁锋说："咱们渔船出海，一直没有找到合适的港口。我最近绕着翡翠岛的东海岸走了个来回，找到了一处适合的地方。"

铁锋："我也看中了一个地方，不知咱俩看中的是不是同一处？"

大脚笑着说："咱哥俩别打哑谜了，我看中的就是鳄鱼湾，你呢？"

铁锋说："对，鳄鱼湾！大哥，咱俩想到一处啦，哈哈。"

大脚继续说："鳄鱼湾是一个避风港，水深合适，而且岸边是礁岩岸，还有大片平地，几乎不用再进行人工建设，正是适合做港口的地方。"

铁锋问："但是里面鳄鱼成群，不好对付啊。大哥你肯定想到对付鳄鱼的办法了吧？"

大脚说："咱们打猎不是有句老话么，飞打嘴、站打腿，畜生都怕火来围。"

铁锋点点头道:"嗯,你是说用火?"

大脚说:"对,用火!那些鳄鱼怕火,咱们把他们引到野楝山,然后放火烧死他们。"

接下来,大脚又召集毛朗等村民,商量怎样引诱鳄鱼群到野楝山、怎样放火围攻鳄鱼群等具体问题,并给每人分配了任务。就这样,一个火烧野楝山、清剿鳄鱼群的计划诞生了。

冬天翡翠岛虽然绿树也不少,但毕竟春天花木更繁茂,小动物们也更活跃。今年不知为何,山上的小动物特别多,特别肥。

这天,鳄鱼斗斗向火纹鳄王报告说,这两天野楝山动物很多,个个又肥又嫩。说着,斗斗忍不住吸溜了一下嘴巴。

火纹鳄王也忍不住咕嘟一声咽了一下口水,心想:"看来要带兄弟们去野楝山饱餐一顿啦,不如搞一次'大吃节'吧。"

他心情不错,笑着对斗斗说:"咱们明天上山,搞个'大吃节'!"

斗斗喜滋滋地连连点头说:"太好了,弟兄们早就盼着呢!"

"想吃也别忘了那儿有人!这两年岛上的人越来越多,而且还都赖着不走了。可别小看这些人,他们有火还有鱼叉呢。"火纹鳄王提醒手下别光顾着吃而忘了危险。

"我去查看过,他们这两天都出海了,野楝山没人,一个人影儿都没有。"

"到底是你去查看的,还是退退去看的?"火纹鳄王问,"刚才退退已经把这个情报给我报告过啦。"

斗斗结结巴巴地说:"我,我跟他一起去的。这家伙爬得快,先回来跟您报告了。"

第二天一早,火纹鳄王带着鳄鱼湾的二百多头鳄鱼,浩浩荡荡爬上了野楝山。想到马上就能大吃又肥又嫩的兔子肉了,鳄鱼们的哈喇子淌了一路,以火纹鳄王的哈喇子最多。斗斗看着大王的哈喇子,心里想:"不愧为我们的大王,连哈喇子都汹涌澎湃,气势不凡。"

火纹鳄王一时兴起,带领众鳄鱼一边爬着山坡一边唱起了歌。

只听他唱道:"我们爱吃兔子肉。"众鳄鱼一起唱:"兔子兔子胖乎乎。"

火纹鳄王又唱道:"我们爱吃野鸡肉。"众鳄鱼一起唱:"野鸡野鸡逮不住。"

接下来,他们一唱一和,唱的是:

"我们爱吃螃蟹肉。""螃蟹螃蟹肚子鼓。"
"我们爱吃青蛙肉。""青蛙青蛙乱咕咕。"
"我们爱吃野猪肉。""野猪野猪大肥猪。"

就这样,鳄鱼们一路兴高采烈地唱着歌上山了。

鳄鱼捕食有个特点,就是喜欢居高临下,占据有利地势,朝下猛扑猎物,所以这帮鳄鱼在火纹鳄王的带领下一直朝山顶爬去。到了山顶,鳄鱼们看到满山的兔子、野鸡,口水大流,张着大嘴巴,眼巴巴看着大王,就等大王一声令下就开吃。火纹鳄王难得地露出微笑,喊道:"大吃节,开吃!"说着就朝一只五彩野鸡扑去,看来这就是他的剪彩动作了,众鳄鱼也嗷嗷叫着,朝瑟瑟发抖的小动物们扑去。

就在这时,山腰突然起了火,最先发现火的,是鳄鱼退退,因为他胆子最小、最警觉。

他朝山下一指,对火纹鳄王说:"大王,快看,那是什么?"

火纹鳄王还以为退退给他推荐美味野鸡,不耐烦地说:"没工夫,我这儿有好的!"

退退惊叫道:"火,火!"

火纹鳄王闭着眼美滋滋地嚼着肉:"火,火鸡有什么好?我这个才是最美味的!"

这时很多鳄鱼也都发现了山腰的烟火,一起喊道:"起火了,起火了,快跑!"

"往哪儿跑啊?"有鳄鱼惊慌地喊道。

"往山上跑,火是往山下烧的。"鳄鱼甲自作聪明地喊道。

"放屁,放屁,火是往上烧的!你没看见烟往上飘吗?"鳄鱼乙对鳄鱼甲的看法大大地不赞同。

不知道火往哪儿烧,就不知道该往哪儿跑,于是鳄鱼们一下子乱了套。火纹鳄王带着斗斗等鳄鱼朝山上爬去。火纹鳄王心里想:"就算火是往山顶烧,一会儿也能跳海逃生。山顶往东就是悬崖,崖下就是鳄鱼湾,万一火烧过来,就从悬崖上跳到鳄鱼湾海里。"火纹鳄王的这个想法倒真是不错,看起来万无一失。

退退则带着另一群鳄鱼朝山下窜去。他就是刚才那个说"火往山上烧"的鳄鱼乙。退退离火比较近,观察又仔细,看到烟是往上呼呼飘的,知道火也会往山上烧。他一马当先往山下逃去,不少鳄鱼都跟着他往山下逃。跟着退退的鳄鱼们都知道他的大名,知道他进攻不行,撤退还是很有一手的,便都跟着他往山下冲。

鳄鱼们在退退带领下,在山火包围圈的空隙中左窜右窜,试图跳出火焰包围圈。他们遭遇了外围放火烧山的大脚和村民们。

山火包围圈也是大脚带领村民烧起来的。野鸡和小兔子,其中很多也是大脚和村民们从别处捉了放在山路上吸引鳄鱼的。村民们看到鳄鱼群想冲下来,都手持铁叉或棍棒,朝鳄鱼们打去。可惜只有大脚和铁锋有对付鳄鱼的经验,而鳄鱼皮糙肉厚、奔逃速度很快,所以村民们没能打伤几头鳄鱼。就连挖好的陷阱,也被善于逃窜的退退及时发现而跳了过去。这一次,退退又带领着这伙鳄鱼胜利大逃亡了。

有人朝逃跑的鳄鱼追去,大脚连忙喊住:"算了,别追了!逃命的野兽发了疯,小心反嘴咬你!"大脚又解释说:"鳄鱼王还在山上呢,它要逃下来,这儿是必经之地。咱们就在这一带看着这山火,把火焰包围圈烧严实了,它们要冲下来,咱们就用火堵住他们的去路,他们害怕被烧死,肯定会往山上跑。如果他们不往山下跑,就一定会被烟熏火烤而死。"

有村民问:"他们会不会从山上跳下去?"

大脚手举钢叉指了指鳄鱼湾方向,说:"不用担心。他们跳下去就算摔不死,也会头昏眼花吧?我们已在鳄鱼湾埋了炸药,等他们跳下去晕头转向时,咱们点燃火药捻子,保准把他们炸开花!"

铁锋说:"我去鳄鱼湾看着,火药有危险,别伤了自己人。"

大脚说:"我去吧!火药是我和毛朗埋下的,我更清楚些。

你在这儿带着大伙儿守着路口,不要冲上去;如果鳄鱼群冲过来,就赶他们回去。"说完,大脚拎着钢叉下山,往鳄鱼湾去找毛朗。

火纹鳄王带领着一百多只鳄鱼往山上爬。爬的过程中又走散了一些鳄鱼,有的鳄鱼爬进草丛或洞穴躲了起来,他们相信这样火就烧不到自己了。火纹鳄王急于奔命,根本顾不上招呼逃散的鳄鱼快快跟上。看来与退退组织逃跑的本事相比,火纹鳄王的确还差着一大截啊。

到达山顶时,火还很远。火纹鳄王扫了一眼鳄鱼群,大概只剩下四五十条了。这些鳄鱼大都灰头土脸,一脸发懵地看着大王,他们都在想:"这是咋啦?好好一个大吃节被火烧啦,我们又不吃烤肉。前天和昨天都没见有人来放火,就等着我们搞大吃节时才放火,看来是有人想吃烤鳄鱼肉哇。"

火纹鳄王看着众喽啰沮丧的样子,反而有些想笑。他终于没忍住,嘿嘿笑了一声。一直紧紧跟随着大王的斗斗,虽然没有搞明白大王这是什么意思,但仍大胆献媚说:"大王,您是不是有了对付坏人的妙计?"

火纹鳄王因为心里有逃生的妙计,忍不住想找个知己分享,虽然斗斗不够机灵,但凑合着当半个知己吧,于是他难得地耐心解释说:"对付坏人?对付个屁!能逃生就不错了。"

斗斗小心翼翼地问:"那咱们是不是等火烧到山下,把那些人都烧死了,咱们就大摇大摆下山,说不定还能吃到烧死的兔子。"

火纹鳄王被斗斗气得笑了起来,说:"你觉得那些人都跟你一样笨吗?等着被火烧死啊?"

斗斗坚持不懈地发挥自己的蠢萌特长,说:"那这把火烧过去,他们也会跑没影喽。等他们都跑了,咱们就回家。"

火纹鳄王说:"我一猜你就是那个说'火会往山下烧'的蠢蛋,其实我当时就听出来是你说的了,我就上山来了,嘿嘿。"

斗斗惊喜地说:"感谢大王的信任。"

火纹鳄王说:"放屁,你以为我信你的胡说八道啊?我只是不愿意冲下山被那些人逮个正着。那些人说不定正拿着钢叉等着咱们呢,说不定还挖好了陷阱呢。刚好退退带人冲下去,分散那些人的注意力,咱们就往山上跑,机会总会大一些。"

斗斗赞美道:"大王英明啊。"

火纹鳄王笑了说:"你这蠢蛋,最近不长真本事,拍马屁倒越来越溜了。"

斗斗本来想说:"这都是您对我的栽培啊!"觉得不大妥当,生生把这句话给咽了回去。他拍马屁都知道察言观色、字斟句酌了,看来的确在这方面下了不少的工夫。

"你们看,火烧上来了。"火纹鳄王头朝山下望去,斗斗跟着望去。果然,山火夹着浓烟,朝山顶烧过来,火头离他们差不多还有三百来米。

斗斗紧张地问:"火来了,咱们怎么办?"

火纹鳄王斜瞄了斗斗一眼说:"慌什么?大王我还能被火烧死?"

他重重地咳嗽一声,问惶惶不安的鳄鱼们:"想活命不?"鳄鱼们齐刷刷地点了点头。

"听我说,往东看,这边悬崖下就是鳄鱼湾,咱们跳下去,不就大功告成了？"火纹鳄王极为得意地说，"这么简单的妙计，你们怎么就想不到呢？非得大王我亲自动脑筋。"

谁知鳄鱼们齐刷刷地摇头说："不敢！跳下去还不摔个稀烂？"

火纹鳄王瞪着眼睛说："什么摔个稀烂？我亲自跳下去过，你们敢不信我，嗯？你们就使劲往前冲，冲到悬崖边高高跃起，然后闭起眼睛，要不了几秒，'扑通'一声就掉到水里了，再睁开眼睛就好啦。轻松得很。"

斗斗嘟囔着："我觉得我跳下去会砸在石头上。"

火纹鳄王又一次被斗斗气笑了，说："一会儿我先跳，你们跳不跳随便！想要烧成肉棍儿的，就待在这儿吧。"

过了十多分钟，火纹鳄王休息好了，真的开始准备往下跳了。他早已知道从哪儿跳下去把握最大。他们所在的山顶，并不是野楝山的最高峰，只是一个子峰，悬崖离水面也就二百来米。只见火纹鳄王朝后退了二十多步，然后加速往前冲，随后一跃，从悬崖上跳了下去。火纹鳄王急速往下坠落着，他张开四肢，增大落下的阻力，就像一只大鸟一样滑翔着坠向海面。过了六七秒钟，鳄鱼们远远看见海面溅起一片浪花，他们的大王已经落入了水中！过了片刻，火纹鳄王缓缓飘了起来，挣扎着划着水，朝岸边游去。

"哇，大王好勇猛。"斗斗忍不住赞叹道，"可惜我不敢啊，大王这个高难度动作咱可学不来。"

"嗯，太难了！学不来，学不来！"鳄鱼们纷纷摇头。

只是这时，山下火圈已逼近山顶，火烟呛鼻辣眼。众鳄鱼见大王已经成功落水，只好纷纷咬着牙，嗷嗷叫着，按大王所说的"闭起眼睛听扑通"的诀窍，跳下了悬崖。但是他们没敢像大王一样腾空跃起飞入水中，而是沿着稍有一些坡度的地方出溜了下去。几十头鳄鱼像一块块大石头，翻滚而下，嗷嗷带响，真是一道壮观的鳄鱼翻滚秀啊。

在山下鳄鱼湾，大脚和毛朗在一起等待鳄鱼们从山上跳下来。看到一头大鳄鱼飞坠下来掉进水里，毛朗问："点火药捻子吗？"

大脚说："不忙，这是鳄鱼王，其他的鳄鱼还没有跳呢。"

果不其然，过了不到一分钟，他们就看到一块块"鳄鱼石头"纷纷从山顶翻滚了下来。落到山脚的鳄鱼，有的被撞晕了，有的被吓晕了，有的落在岸上，有的直接滚到了海里。

过了一会儿，山上已经没有"鳄鱼石头"滚下了，毛朗问："现在可以点了吧？"

大脚点点头说："点吧！"

毛朗跑去点燃了炸药的引信，只听"砰砰砰"一阵连声响，埋在岸边的炸药纷纷炸开，鳄鱼们血肉横飞，瞬间不少鳄鱼丢了性命。幸存的鳄鱼朝北面海上逃去。毛朗得意地说："就知道他们要往那儿跑，幸亏咱们在海里还埋着炸药瓶子。"说着要跑过去点海里的炸药。

大脚却伸手拦住了他说："让他们逃去吧，不能炸得一只不剩啊！"

毛朗皱眉说："放了他们？别忘了咱们要给海宝报仇啊！海宝为救我儿子送了命，这仇我一定要替他报！"

大脚说："海宝是我儿子，我更想报仇！不过，冤有头债有主，咱们找那大坏蛋鳄鱼头子去！"他指了指正缓缓朝北边游去的火纹鳄王,"他跳下来晕了头,咱俩应该差不多能干掉他!走,追他去!"

大脚拿起了钢叉,毛朗跟着他,两人沿着岸,朝火纹鳄鱼跑过去。

火纹鳄王发觉了大脚和毛朗,游得更快了,心里想:"怎么这么倒霉,山上刚烧了火,岸上怎么又打雷?"他不知道这是炸药爆炸的声音。

火纹鳄王朝东北水面游窜而去,大脚和毛朗游水根本追不上。还好,大脚事先让毛朗准备了小船在岸边停着,他俩回头朝小船跑去,两人跳上船,毛朗划船朝火纹鳄王追去。

忽然间海上风浪大作,海浪像小山一样扑向小船上的两人。大脚顾不了这么多,好不容易把火纹鳄王炸得晕头转向,这个杀死它的机会难得,他可不想错过。于是,他跟毛朗迎着风浪,在火纹鳄王后面紧追不舍。十多分钟后,两人终于追上了火纹鳄王。毛朗划船抄到火纹鳄王身边,大脚举起钢叉,瞪眼大喝一声,朝火纹鳄王的眼睛扎去!

可就在大脚举起钢叉扎向火纹鳄王时,一股滔天巨浪突然拍了过来,将小船掀翻了。大脚和毛朗被海浪卷到了高空,重重地摔入海里,大脚摔下来撞到了岸边的礁石上,立马晕死了过去。

第六章
决斗夺海港

等到大脚再次醒来,他发现自己躺在一朵雪莲般的浪花中,一群海豚簇拥着浪花,正飞快地往前游着。他情不自禁地问:"这是去哪儿?我是死了吗?"

"一会儿就到岸了。"一头漂亮的白海豚轻轻地说。她是个海豚姑娘。

大脚浑身上下摸了摸,发现身上的伤口已经不怎么疼了。

过了一会儿,浪花船载着大脚来到一个繁花似锦、星云掩映的小岛。在铺满五色彩石的月牙状岸边,浪花船靠岸。大脚登岛后,身后的那朵浪花船如花朵凋谢般消失不见了。他驻足四顾,突然看见一个身着白色鲜花衣裙的女孩出现在他面前。这女孩头戴九色的鲜花头冠,手持镶着日月宝石的龙形法杖,眼里充满明媚温暖的神色,身上散发出青春灿烂的光彩。

"海洋女神,我们把他带来了。"岸旁的海豚轻声对女孩说,原来这个女孩就是传说中的海洋女神李沫蕾。

"大脚，你还好吧?"海洋女神微笑着问。

"海洋女神？您就是海洋女神？原来是您让海豚仙子救了我。"大脚激动地说。

海洋女神点点头，说："大脚，你瞧这是谁？"

这时，从旁边走上来一个魁梧的少年，大手大脚，正是史海宝。

"爸，是我啊，海宝。"海宝上来，双手扶着父亲的双手。

"我不是做梦吧？难道我已经死了，所以看见了我的海宝？"大脚心里一阵颤抖。

"你们都活着，放心好啦。"海洋女神如春风般微微一笑。

大脚使劲捏了捏儿子的手，他感受到儿子手上的温暖，感觉到了儿子手上的力量。

"爸，咱俩都活着，是海洋女神救了咱们。"海宝说道。

大脚激动得一句话也说不出来了，向海洋女神深深地跪拜下去。

海洋女神对他说："大脚，你们翡翠岛的事，我都知道了。我想告诉你，鳄鱼虽然凶残，但你们也不能把他们赶尽杀绝。你们使用炸药，引发了地震，地震又引发了海啸。一场海啸，算是冲刷了双方的仇恨。我派海豚仙子救你，是敬佩你带领大家不惧艰辛、开辟翡翠岛的行为，更是因为你没有将鳄鱼赶尽杀绝的仁义心肠。"

大脚忙说："不敢杀尽，也杀不尽。我从前是猎人，懂得这个道理。"

海洋女神微笑着说："这样很好。每个生命的存在，都有他们的道理。我们不仅要有对亲人的爱，还要有对敌人的恕。

我们和敌人战斗,血染战袍,不是为了灭绝敌人,而是为了让敌人不再是敌人。"

大脚恭敬地说:"谢谢您的教诲。"

海洋女神举了举手里的龙形法杖说:"既然你们已经在翡翠岛安家,就爱护好你们的家园吧。你回去替我守护翡翠岛和珊瑚海,让它平平安安的,你愿意吗?"

"我愿意。"大脚恭敬地回答。

海洋女神举起龙形法杖,朝海中一指,海面轰然一声巨响,冲天升起九条龙形水柱。它们张牙舞爪,威风赫赫,似乎要腾空飞去一般。海洋女神朝一条龙形水柱一指,又隔空朝大脚头上画了一个圆圈。只见那龙形水柱朝大脚飞来,从他的头顶钻入,消失不见了。大脚的头上出现一个五彩光环,绕着大脚盘旋良久渐渐收敛不见。

海洋女神对大脚说:"从今以后,你就是惊澜级海神,负责守护珊瑚海。愿你心怀浩淼博爱,善用惊澜神力,保卫海天平安。"

大脚恭恭敬敬地回答:"是。"

临别前,大脚请教海洋女神:"海洋女神,您能告诉我毛朗的下落吗?他还活着吧?"

"他没有受什么伤,已经回家了。你和海宝也快点回去吧,清露天天盼着你们呢。"说完,海洋女神法杖一指,海面飘来一朵浪花,浪花像小船一样飘到岸边。大脚牵着海宝的手,踏上浪花船。海豚姑娘们簇拥着浪花船,离岸远航,朝翡翠岛驶去。

此时红日升起,星光渐隐。众位海豚姑娘一边游,一边唱起了远航歌。

"星星钻出了夜空,露出明亮的眼睛。
我爱你纯净的眼神,陪伴我一路同行。
我爱你纯净的眼神,陪伴我一路同行。

海浪踏着整齐的步伐,从此岸至万里的彼岸。
我爱你铿锵的脚步,从未停歇从未被阻断。
我爱你铿锵的脚步,从未停歇从未被阻断。

白云雄壮如握拳,又飘逸如飞扬的锦缎。
我爱你刚柔相济,隐藏惊雷与正义的闪电。
我爱你刚柔相济,隐藏惊雷与正义的闪电。"

歌儿唱完了,身后的星辰岛也早已消失不见。

在海上,海宝对父亲讲了他失踪后的经历。原来那天他被一股巨浪卷入海中,逃过了鳄鱼的血盆大口。那股巨浪正是海豚姑娘所掀起的。当他醒来时,被海豚们托举着,在星光满天的海面上缓缓游着。

一位白色海豚姑娘轻声对他说:"对不起,我们救你来晚了。"

另一只紫色海豚姑娘轻声道:"都怪龟慢慢,他通知我们晚了。"

"你又不是不知道他总是慢,你在来的路上还管闲事,耽误时间。"一只金色海豚姑娘埋怨紫色海豚姑娘。

"不过是和虎鲨打了一架,救了小须鲸。再说,海洋女神可没有责备我呀。"紫色海豚姑娘辩解道。

"姐姐们,你们是谁?带我去哪儿啊?"等众海豚姑娘的叽叽喳喳声稍停,海宝连忙问道。

海豚姑娘们告诉海宝,自己姐妹七人都是海洋女神的手下,被称作七色珍珠海豚。海洋女神接到翡翠岛一只叫龟慢慢的大海龟报信,得知鳄鱼群要袭击砂砾高地的孩子们,就赶紧派姐妹七人来保护孩子们,谁知最后只是救了海宝。

"那我秋姨呢?还有毛二开,他们没事吧?"海宝问,他嘴里的秋姨,指的是阿秋。

"那位女子和那个小孩儿都没有死,我看着他们被人救走了,那些鳄鱼被我们教训了一顿,应该不敢再招惹你们了。"白珍珠海豚说。

遨海录

"您是怎么教训他们的?"海宝好奇地问。

紫珍珠海豚嗤嗤笑着说:"我们把他们抛上高空,然后扑通扑通落在水里。他们被扑通晕了,有史以来第一次害怕海水了。"

白珍珠海豚不愿炫耀功劳,打断了紫珍珠海豚的话:"本来我们是要放你回家的,但你受了伤啦,你的腿被咬穿了,我们只是暂时给你止血止疼,还需要海洋女神给你治伤才行。"

"海洋女神,她老人家亲自给我治伤?"海宝紧张地问。

"她老人家?海洋女神可不老,你最多只能喊她姐姐。"紫珍珠海豚是个喜欢聊天的姑娘,她接着说,"但你心里可要万分敬重她。"

等海宝到星辰岛后,海洋女神给海宝治疗了伤口,海宝很快就好了。海洋女神说海宝舍己救人，品质宝贵，作为奖励，让他在星辰岛痛快地玩玩转转，有空她会传授海宝一些本领。海宝毕竟是个男孩子，天性是很爱玩的，能在星辰岛看到很多珍禽异兽、奇花异果，还有会说话的各种鱼儿，自然十分高兴，恭恭敬敬磕头谢过了海洋女神。就这样，海宝在星辰岛不知不觉待了很久。

大脚和海宝回到翡翠岛后，大家都很惊喜，也很激动。火烧野楝山时，大脚被突发的海啸卷走，但毛朗却捡回了一条命。大家搜寻了很久，没有发现大脚的踪迹，都以为他被海浪卷走了。大家都觉得清露真是不幸，两次事件两个亲人都没有了。虽然铁锋一家细心照顾着清露，但清露内心的伤痛谁也抚慰不了。

所以，当大脚和海宝出现在清露眼前时，她觉得像做梦一样，觉得这是她一生中最幸福的时刻。铁锋一家和大脚一家抱成一团，大家又笑又哭，好好庆祝了一场。大家心里对海洋女神感激万分。

从星辰岛回来后，大脚发现自己突然具备了很多神奇的本领。他能在海里踏波而行，他能骑着鲨鱼劈波斩浪，他能和鱼儿们聊天说话，他能收集云彩化为雨水，他还能唤起波涛化成龙形水幕！

每当有人问起他："这些本领您是从哪儿学来的？"

他都微笑着说："是海洋和海洋女神赐予我的力量。"

说这些话的时候，他都会面朝东方，朝着传说中海洋女神所在的星辰岛。

大脚后来到鳄鱼湾找到火纹鳄王决斗。他对火纹鳄王说：

"我代表岛上的人们,来和你决斗。我在星辰岛得到海洋女神的传授,学到了很多本领,但这些本领我都不使用,我要凭自己的本领和你打,免得你说海洋女神偏向我。你输了,就带领你的鳄鱼们迁出鳄鱼湾,我们要在这里建一个港口;你赢了,我们另外找地方建港口。"

火纹鳄王应战。在决斗中,两人来往攻防三十多个回合。酣战之中,大脚踩上一块岩石,脚下一滑。鳄王趁机从高处的石头上朝大脚当头扑下来。谁知这是大脚故意露出的破绽,只见大脚仰面倒向身后的海水中,火纹鳄王朝大脚扑下来,腹部这时全部暴露在大脚面前。大脚用钢叉在火纹鳄王柔软的肚皮上划出一条长长的口子。这个口子并不深,但足够让火纹鳄王感受到痛楚。火纹鳄王知道自己输了,而且大脚的钢叉没有扎入他的胸膛,就是有意饶他一命。他倒输得起、输得干脆明白。他说道:"谢谢你不杀我,我输了,我走!"他带领着他的二百多头鳄鱼部下,包括退退和斗斗,退出了世代生活的鳄鱼湾,他们游到翡翠岛北面的一个偏僻的礁石丛中,从此不再滋扰村民。

大脚后来把村长的职务推辞掉了,专心当他的珊瑚海守护神。他的好兄弟铁锋被大伙儿推举为砂砾村村长。铁锋干得很出色,后来又被众人推举为翡翠城城主。再后来,翡翠岛建立珊瑚王国,铁锋被人们推举为国王。而大脚,则一直乐此不疲地当着珊瑚海的守护神。

再后来,经过二百多年,鳄鱼湾被建成了翡翠岛最好的海港,砂砾村变成了翡翠心城的一部分,珊瑚王国的王位从铁锋传到铁镇,再传到铁钧,再传到了铁铼。历经四代人的建设,

大脚来到鳄鱼湾，对火纹鳄王说："我代表岛上的人们和你决斗……"

大脚爷爷

珊瑚王国已经发展成一个繁荣发达的现代化海岛国家，它以翡翠心城为主城，包括翡翠心城、启农城和蜗城三个城市群，总人口一百多万。它除了主岛翡翠岛，还包括翡翠岛四周上百座岛屿，它的海岛面积共约九百平方公里，海疆近一万六千平方海里。人们在这儿安居乐业，过着丰富多彩的生活。

　　大脚后来渐渐老了，变成了大脚爷爷。在他九十九岁时，他将钢叉交给儿子海宝，自己云游海外，杳无音信。那时，清露、铁锋、阿秋等人已经去世，珊瑚王国的王位传到了铁铿的儿子铁镇手中。史海宝接过父亲的钢叉，成为珊瑚王国的守护神，那时他也已经八十岁了。他也被人喊作大脚，也成了大脚爷爷。直到今天，大脚爷爷仍然单身一人住在积云礁。他整天忙碌不停，教两个徒弟铁铠王子和海龟小沙游水，向身处困境的人或动物们伸出温暖的大手。二百多年来，见证着珊瑚王国的发展繁荣、兢兢业业地守护着珊瑚海的大脚爷爷，经历了多少惊天动地的大事？想起登岛之初的披荆斩棘、血战海鳄，以及之后的单手擒鲨、力战海盗，想起并肩创业却早已逝去的亲人们，大脚爷爷眼望游云，心里想的是什么呢？

会飞的海龟

第一章
惊险破壳

海龟小沙是铁铠王子最好的朋友。他是一只很有趣也很神奇的大海龟,他不仅能遨游大海汪洋,还长着一双大翅膀,能飞越万里云天。铁铠经常骑在小沙背上飞去珊瑚海的各个地方。一想到小沙,铁铠眼前就浮现出一张呆萌可爱的笑脸。

小沙喜欢唱歌,他经常唱下面这首歌。

"我会飞,我会跑,
我会唱歌、睡大觉。
高兴了我会哈哈哈,
伤心了我会哇哇哇。
海鸥和我比飞翔,
鱼群和我来玩耍。
高兴了我会哈哈哈,
伤心了我会哇哇哇。

哎哟,撞石头啦,啊!"

最后"哎哟"那一句,要根据当时的情景,看撞着什么了。如果撞着石头了,就是"哎哟,撞石头啦,啊!"如果撞到树了,就是"哎哟,撞树啦,啊!"

小沙本来和其他海龟一样,只能用四个大脚丫在地上爬或在海里游,但是后来的一次奇遇,不仅让小沙能用两只后脚直立走路,还能听懂人的话语。更为奇特的是,那次奇遇后,小沙竟然长出了一对翅膀。小沙的这对大翅膀,从龟壳下面伸出来,长在身体两侧,使他可以像老鹰一样翱翔,不用的时候,翅膀收在龟壳里,一点也看不见,一点也不碍事。所有的海龟里,只有小沙有这么一对神奇的翅膀。他是怎么长出这对翅膀的呢?那该是怎样的一次奇遇啊!

遨海录

翡翠岛上有很多的海龟。天气好的时候,你可以在沙滩上看到成群的海龟,像鹅卵石一样趴满了沙滩。他们有的一动不动,有的慢慢移动,有的飞快地爬几下又停下来趴着一动不动。他们在海滩上自由自在地生活着。后来,一种叫鹦的海鹰发现了翡翠岛这个好地方,成群结队来翡翠岛觅食。天气好的时候,他们就在海滩上盘旋,伺机捕猎海龟。大的海龟甲壳坚厚,看见有海鹰来,就缩进了壳里,海鹰也无可奈何。小海龟还懵懵懂懂,什么都不知道,他们的壳是软的,便常常成为这些海鹰的捕猎目标。尤其是那些刚从埋在沙坑里的蛋壳中钻出来的小海龟,十有八九一探出头就被海鹰盯上了。在这些小海龟往海里爬的时候,海鹰就从空中俯冲下来,"刷"的一下将小海龟抓走吃掉了。

五月的一个夜晚,海龟绿莎找到一处温暖潮湿的海滩,飞快地挖好沙坑,在里面产下了几十个海龟蛋宝宝。她下完蛋,已经筋疲力尽了,不过,她还是忍不住回头看了一眼她的宝宝,里面有几个很特别的海龟蛋呢。"嗯,这个有麻点的,将来肯定是个大个头;这个小不点儿,将来肯定很聪明;这个有绿点的,是个女孩吧?"她一边想着海龟宝宝将来的可爱样子,一边小心翼翼地给他们盖好沙子,然后悄悄退回了海里,边退边抹去了前面的脚印,沙滩上一点脚印也没有留下来。

这一天傍晚时分,天边的云霞像粉红的轻纱,遮住了太阳。太阳努力地扒开轻纱露出脸来。她凝视着翡翠岛这片将要迎接新生命的海滩,似乎也满怀着期待。很快就到小海龟们破壳的时候了,将会有很多海龟宝宝从沙子里钻出来,去海里寻找他们的妈妈。绿莎和其他海龟妈妈一样,在浅浅的海水里,期待着她的海龟宝宝从沙子里爬出来跑到她的跟前。由于太过专注,她竟然没有发现在天空上盘旋着的几十只海鹰。

慢慢地,沙滩上的沙子开始松动,一个黑黑的小脑袋露了出来,是一只刚破壳的小海龟。他看了看其他沙坑的小海龟,勇敢地朝海水里爬去,灵活得不亚于一只小老鼠。但是显然,他的运气不够好,一只白嘴海鹰发现了他,一个俯冲,刷地一下就把他叼走了。

沙滩上钻出来很多刚孵化的小海龟,他们沙沙沙地飞快爬动着,爬向蔚蓝的海水。本能告诉他们,如果不快一点,头顶上的海鹰就会把他们抓走。成百上千的海龟宝宝从沙滩奔向海水,而成群的海鹰不停地从空中俯冲下来,刷刷刷地抓走一个又一个海龟宝宝。

"我的宝宝们在哪儿呢?"绿莎焦急地朝岸上张望着。

一个小脑袋从绿莎埋下的沙坑里钻了出来,他朝四周瞅了瞅,发现大家都拼命地往海里爬,于是他抖落脑袋上的沙粒,四爪儿猛刨,也朝海水里奔去。他的脖子上有几个白色沙子般的斑点,正是海龟妈妈说的小不点。很快,小不点的兄弟姐妹也露出了头和身子,他们快速爬出了窝,十几个兄弟姐妹弯弯曲曲组成一条线,跟在小不点身后朝海里飞快爬去。小不点眼睛死死盯紧前面。"快!快!快!"他一个劲儿催自己,"很快就到海里了!"他的身后,十几个兄弟姐妹也都紧紧跟着。这时,只见一只海鹰朝领头的小不点扑来,小不点并不知道,仍是一个劲地猛跑。海鹰飞到小不点跟前,伸出了利爪,小不点本能地朝旁边躲了躲。他没有被抓,他身旁的兄弟却被抓走了。又一只海鹰扑过来了,小不点就像后脑勺长着眼睛一样,往旁边的沙堆里一闪,又躲了过去。就这样,小不点边跑边躲,最后竟然顺利游进了海里,扑腾着游到了绿莎跟前。"妈妈!"小不点喊道。

"哦,大宝儿!你的弟弟妹妹们呢?"妈妈问。

"嗯,在我后面啊!"小不点回头看了看,却发现刚才跟在身后的弟弟妹妹都不见了。

"妈妈,他们刚才还跟着我呢!怎么都跑丢了吗?"

"但愿是跑丢了。"妈妈担心地说。

直到晚上月亮升起老高,也只有三个孩子找到了绿莎妈妈。绿莎妈妈叹了口气,知道大概只有这三个孩子能找到自己了,便带着他们回了家。因为小不点脖子上有几个沙粒儿一样的斑点,妈妈给他起名叫小沙,弟弟妹妹分别叫小漆和绿芽。

遨海录

第二章
椰球大赛

　　小沙两岁这一年,大脚爷爷举办天鹅湾椰球竞速大赛。大赛的奖品很丰厚:第三名是大脚爷爷做的一艘椰壳船,这船不用划桨,可以载着你一直到冰川王国;第二名的奖品是一朵彩云,可以坐在彩云上游览珊瑚王国;第一名的奖品最有分量,那就是大脚爷爷许诺帮他实现一个心愿。

　　所有参赛者都必须事先许好心愿,以免夺冠后临时许下的心愿不够好。他们会从大脚爷爷那儿领到一个海螺,对着海螺许下心愿,海螺会记下参赛选手的心愿,然后告诉大脚爷爷。

　　椰球竞速赛在天鹅湾举行。天鹅湾是翡翠岛西岸的一个美丽海湾,这里经常有天鹅栖息。珊瑚王国的人和动物,无论大小、男女和老少,只要会游泳的,都可以报名参加椰球竞速赛。比赛的规则也很简单:参赛者顶着空壳椰球,同时从天鹅湾南岸出发,游至北岸,谁最先游到终点,谁就是冠军。

　　比赛这一天终于到了。天鹅湾南岸排满了参赛选手。铁铠和妹妹铁铃也参加了比赛。铁铠在赛道上看到参赛者大都是他认识的朋友：有铁铃的同学青鸢，有自己的同学毛小勇和他的妹妹毛小虹，还有海龟小沙、海蛇音音、海豚熙熙和飘飘、海狗溜溜和丢丢，等等，总共有三十来个呢。选手们都摩拳擦掌，想夺取冠军，好让大脚爷爷帮自己实现一个心愿。

赛道两旁的海面上挤满了选手们的亲友团和支持者，岸上还有大批的观众。他们一边聊天看风景，一边观看比赛。比赛马上要开始了，大家都盯着起点处大脚爷爷的鱼叉，那是他的发令枪。

"三、二、一，开始！"只见大脚爷爷举起手中鱼叉，朝天空中一朵火炬一样的云一指，那云彩腾的一下点燃了，映红了半边天！这是比赛开始的信号！参赛选手们开始划水，加速向前游去，边游边往前顶自己面前的椰球。

椰球是已经掏空晒干的整个椰壳做的，能够漂在海面上。由于有风浪，而且椰球也有点重量，因此，有的参赛选手前进的速度并不快。比如海蛇音音，别看她空手游得挺快的，但顶着椰球前进，却东一下西一下，有时再被风浪打一下，几乎很难前进。海蛇音音有些力不从心，她开始绕着椰球打圈儿，几乎都要把椰球缠绕起来了。观众们都笑了。音音有些着急，不过当她看见岸上轻松愉快的观众时，突然一下子心情就放松了，自我安慰说："嘿，重在参与，重在参与。这样也挺好，保持优雅的姿势最重要。"

海狗溜溜开始时倒是挺快，但游着游着，就体力不支了，开始一下一下慢慢往前拱着游，他自言自语道："你们懂什么，我这样更出镜啊。只有这样，我的朋友们才能更容易发现我呀！"赛道旁他的朋友们的确一眼就看到他了。朋友们比他还着急，都喊着："加油啊，你都开始往后退啦！"原来他不使劲儿前进，海浪就推着他后退了。

铁铛前半程游得不紧不慢，半小时后到了比赛后半程，他开始加速。铁铛目测自己距终点还有三百米。这时，处于第一集团的只剩下毛小勇、海豚熙熙、海龟小沙和铁铛了。

比赛开始时，没有谁猜得到海龟小沙可能夺冠，因为小沙游水速度不算快，但在决胜阶段，大家才发现小沙的耐力这么好，而且速度也不赖。

"也许他是一个不同凡响的海龟呢？就像他刚出生时那样，爬得那么快，比别的孩子都快。"赛道旁小沙的妈妈绿莎一边大声给小沙加油，一边自豪地想着。

小沙现在保持和海豚熙熙相同的游水节奏，他不声不响地跟在熙熙身旁。铁铛和毛小勇渐渐体力不支，退出了冠军的争夺，他俩在争抢第三名。

"得第三名也很好，是个椰壳船，可以送给妹妹。"铁铛想。谁知毛小勇也是这么想的，他也想赢得椰壳船，送给妹妹毛小虹。

在他俩身后，还有二十多名追赶者，比如飘飘、丢丢、铁铃、青鸢和毛小虹等。当然并不包括以出镜为主的海狗溜溜，他已经远远地落在后面啦，比海蛇音音还靠后。

海豚熙熙和海龟小沙开始你追我赶，争夺第一名。他俩看起来都游得很轻松，渐渐把铁铛和毛小勇抛在后面很远了。他俩才是这个赛池中最出镜的选手，大家的目光都聚焦在他俩身上，大声给他俩呐喊加油。

对于观众而言,现在最大的悬念就是看小沙和熙熙谁能夺冠了。只见小沙的脑袋往前一下一下地撞着椰球,努力往前追赶熙熙,熙熙的顶椰球动作准确有力,她一直在最前面领游。

快到终点了,岸上的观众都站了起来,大家都激动不已,大声为各自支持的选手呐喊助威,妈妈绿莎、弟弟小漆和妹妹绿芽也在为小沙大声加油。

"小沙,加油!"妈妈绿莎喊道。

"小沙,加油!"小漆和绿芽也喊道。

"你们应该喊'哥哥加油!'"绿莎笑着对小漆和绿芽说。

"一定要喊名字!我们怕哥哥不知道是在给他加油。"小漆和绿芽齐声说,说完又大声喊了起来。

这时,小沙不再一下一下的撞球,而是把球顶在脑门上往前游。他这招是跟海豚熙熙学的,不过他现学现用,却做得比熙熙还要好。一直领游的熙熙因为体力不支,在最后五米多被小沙追上赶超了。最终小沙第一个冲过终点,将椰球送入了终点处的网中!岸上的观众们都为小沙出其不意的胜利欢呼鼓掌。

比赛结束了,小沙获得了第一名,熙熙获得了第二名,铁铛获得了第三名,而溜溜则如愿获得了观众们送给他的"最佳出镜"奖。因为溜溜的表现实在太逗了,观众们都被他逗得笑弯了腰。

开始颁奖了,首先给第三名铁铛颁奖。礼仪小姐是一队美丽的天鹅。她们扬着长长的脖子,骄傲地登上领奖台,似乎自己获奖了一般。一只天鹅把椰壳船的钥匙交给大脚爷爷,大脚爷爷把钥匙颁给了铁铛。铁铛高兴地接过钥匙,送给妹妹铁铃。铁铃也不客气,开心地接过了椰壳船的钥匙。她邀请毛小虹和自己一块儿坐上椰壳船,在天鹅湾转开了圈。椰壳船果然不用划桨,跑得轻快又平稳。岸上的观众们羡慕得不得了,都说明年也要参赛。他们心里想:"铁铠王子都没怎么刻苦训练,就得了第三名,明年我参赛,一定也能拿奖。"

接着给第二名海豚熙熙颁奖。大脚爷爷招手从天空招来作为奖品的彩云。彩云像一艘飞艇,有着朝霞般金色的船尾,淡淡粉白的船身,晚霞般橘色的船尾。熙熙推着彩云就要游走。

大脚爷爷笑着对她说:"快坐上去呀,一会儿彩云要飘走啦。"

"我怕把船弄脏了。"熙熙很爱惜地说。天鹅们都抿嘴偷偷笑她。

观众们齐声喊着:"坐上去!坐上去!"

熙熙便跃上彩云,她问大脚爷爷:"大脚爷爷,我怎么控制她往东或者往西啊?"

大脚爷爷微笑着说:"你踩云朵的头,它就往前走,你踩它的左翼它就往左,你踩它的右翼它就往右,你踩它的屁股它就后退或刹车,你不踩它它就慢慢停了。"

熙熙高兴地说:"知道了,我走啦。"

大脚爷爷又补充了一句:"这朵彩云船的能量,虽然仅够一次环岛旅游,但是只要你细心保养,它能陪你很久的。"

熙熙听了大喜过望,观众们则羡慕得口水都要流下来了。

轮到冠军小沙领奖了。大脚爷爷伸出鱼叉,让小沙站在鱼叉上,将他高高举起,让他接受众人的欢呼致敬。此时小沙已经长得比脸盆还大了,站在鱼叉上,竟然平稳得很。大脚爷爷问岸上的海螺们:"小海龟的心愿是什么?"

一个海螺大声说:"他想跟您学本领。"

另外二十九只海螺也大声帮腔:"他想跟您学本领!"

小沙也说:"大脚爷爷,我想跟您学本领!"

大脚爷爷说:"哦,学什么本领?"

"我想学飞翔。"小沙说。

"哈哈,我可没见过海龟会飞呀,你没有翅膀啊。"大脚爷爷笑着说。

观众们都哈哈笑起来,笑这个小海龟异想天开。可是妈妈绿莎却没有笑,而是赞许地点了点头。弟弟小漆和妹妹绿芽也没有笑,他们其实也很想学飞翔呢。

小沙期待地看着大脚爷爷:"可是我就是想学飞翔,您一定有办法。"

大脚爷爷问他:"那你能告诉我,为什么要学飞翔吗?"

小沙回答道:"我想赶走天上的海鹰!他们太可恶了,老是欺负我们。"

大脚爷爷说:"这可给我出了一个大难题。这样吧,你给我一个月的时间,我想想办法吧。实在不行,我就教你其他的本领,保管不比飞翔差。"

小沙说:"谢谢您,大脚爷爷。可是我真的真的特别想学飞翔。"

颁奖的音乐结束了,狂欢的音乐响起来。天鹅们在海上跳起了欢快的水波舞,岸上的观众纷纷涌入海中和参赛选手们一起载歌载舞起来。就这样,在众人的欢笑声中,椰球赛结束了。

第三章
水云巨翅

过了不到一星期,小沙急急忙忙跑到积云礁找大脚爷爷:"爷爷,求您快快给我一双翅膀吧?我特别特别着急,特别特别着急。"

"什么事啊,孩子?"大脚爷爷关心地问道。

"我弟弟小漆被海鹰王抓去了!我要找海鹰王报仇!"小沙恳求道。

"哦?是赤羽峰的海鹰王?"大脚爷爷问道。

"是,我眼看着弟弟被海鹰王掳走了!"小沙焦急地说。

原来就在今天上午,海龟们一早到天鹅湾不远的海底抓虫子吃,小沙一家也在其中。小漆在一片马尾藻中发现了很多海蜈蚣,十分兴奋。正当他奋力追逐一只逃跑的海蜈蚣时,突然,一只海鹰从空中箭一般一头扎进海中,伸爪将他钳住,迅速振翅转身往海面钻去。原来是赤羽峰的海鹰们掠食来了,他们偷袭了海龟群。

小漆惊叫:"妈妈,救我!"抓走小漆的是赤羽峰的海鹰王,十分凶残,绿莎根本打不过,但她仍然奋不顾身朝海鹰王冲过去,她要救自己的孩子。小沙和绿芽也游过去帮妈妈。海鹰们就在他们四周张牙舞爪,但他们俩一点也不惧怕。海鹰王嘿的一声,迅速钻出海面飞走了。其他海鹰也都没有空手,他们也抓着猎物飞走了。妈妈绿莎带着小沙兄妹追到岸边找了很久,希望看到小漆挣脱海鹰王的魔爪重新出现在他们面前,但是他们最终伤心而归。绿莎担心,小漆很可能已经被海鹰吃掉了。

"要是我有一双比海鹰还厉害的翅膀就好了!"小沙想。他对妈妈说:"妈妈,椰球大赛上我许的心愿,还没有实现呢。我要去找大脚爷爷,求他给我一双翅膀,我好找海鹰王算账,救回小漆!"这样,他才急匆匆来到积云礁,求大脚爷爷给他一双能飞的翅膀。

珊瑚海洋有六个大坏蛋,小动物们都害怕,大脚爷爷给坏蛋们编了歌谣,提醒小动物们小心这些坏蛋。歌谣唱的是:

"黑鲷滩的黑鲷,追污逐臭吃泥浆。
赤羽峰的海鹰,铁嘴钢牙破肚肠。
魔龙洞的乌贼,巨腕墨囊善伪装。
电光岛的青鳐,电流如剑难抵挡。
冰晶宫的海虱,夺命冰晶似蜜糖。
死亡谷的虎鲨,血盆大口赛魔王。"

歌谣里提到了六种动物,黑鲷、海鹰、巨形乌贼、青鳐、海虱和虎鲨,他们都是珊瑚海里的大坏蛋,而且个个都有致命的武器。他们成群结队，在各自大王的带领下，横行海中，为非作歹。黑鲷滩的黑鲷，喜欢臭水和污水的味道，别的鱼儿没法忍受的烂泥臭水，他们却觉得很香。他们成天生活在黑鲷滩这个烂泥滩中，浑身散发着有毒的臭气。谁碰到他们谁倒霉，他们不费丝毫力气，仅用散发出的臭气，就能熏死猎物。电光岛的青鳐能放出强大的电流，刺穿对手的肚子。魔龙洞的魔龙乌贼，手腕粗壮，力大无比，还善于伪装，常常变成鲜艳的珊瑚，趁猎物靠近自己时，用手腕紧紧绞缠住猎物身体直至猎物窒息而死。他们还能喷射墨汁毒死猎物。冰晶宫的海虱体内含有剧毒的冰晶，一旦被咬中，海虱体内的冰晶就会流进对方嘴里并进入体内，使对手中毒。中冰毒者先是昏迷，接着失魂落魄，被海虱完全控制，听从海虱的命令，如同行尸走肉一般。

而捉走小漆的海鹰王，就是歌谣里唱的六种坏蛋之一的铁嘴钢牙破人肚肠的海鹰们的大王。他尖嘴利爪十分凶猛残忍，统领海鹰群住在珊瑚海以西的赤羽峰。这群海鹰以前很少到珊瑚王国翡翠岛来活动，近年来他们频繁越界到翡翠岛不说，还趁着小海龟破壳爬向水中时，在沙滩上掠食幼小的海龟，十分狡诈凶残。

大脚爷爷曾经警告过海鹰王，不许他到翡翠岛来，但海鹰王辩驳："自古以来，我们都是以海龟为食，海洋女神也不管我们捕捉海龟啊，难道您想让我们饿死吗？"

大脚爷爷说："有那么多虫子还不够你们吃吗？你们擅自闯到翡翠岛来，飞到海滩捕掠幼小海龟，这就是不守规矩。"

海鹰王蛮横地说道："海龟们都没有说什么，您瞎操什么心？"说完就飞走了。这家伙竟敢这么对大脚爷爷说话，简直是无法无天了。不过这也难怪,他是天上的动物,大脚爷爷也惩罚不了他,除非他们在海里作恶时被当场逮住。

正当大脚爷爷考虑如何惩治这帮海鹰时,恰好小沙跑来请求大脚爷爷给他一对能飞的翅膀用来对付海鹰王。

大脚爷爷微笑着对小沙说:"为了给你一对最好的翅膀,我翻阅过《棕榈书》等很多古书,通过研究书中记载的飞行术,以及我对你的仔细观察,我发现,其实小沙你本身就与众不同,你的身体里本来就隐藏着一对神奇的翅膀!现在我让它长出来,你就能用了。"

说着,大脚爷爷用手拍了拍小沙的龟壳左右两侧,只见两道翅膀形状的金光从小沙龟壳两侧慢慢伸展出来,渐渐长大,像传说中的飞龙之翼一般。大脚爷爷又朝水面招了招手,两片蓝色水波应声飞来,贴在小沙龟壳两侧,并迅速舒展张开,与金光之翼重合,变成一对蓝色水波翅膀,上下拍动着。大脚爷爷又伸手向空中招了招,天边飞来两朵彩云,贴在蓝色水波翅膀上,化成翅膀的羽毛——五彩的羽毛。这样,小沙顿时拥有了一对彩色水云翅膀。这对翅膀伸展开来,足有五米多长。它们就像小沙与生俱来的一般,随小沙的心意而拍动。在不使用时,它们会自动收缩到知了翅膀一般大小,隐藏在小沙的龟壳下。更神奇的是,翅膀的颜色是会变幻的,在蓝天中是蓝色的,在白云中是白色的,在晚霞中又是烈焰一般的彩色。

"哇!"小沙惊呆了,他左右看着大翅膀,都不知道该怎么安放它们才好。

"试试吧,不仅好看,还很好用。"大脚爷爷笑呵呵对小沙说。

小沙迫不及待地拍打起翅膀,他的身体腾空而起七八米高,吓了他自己一跳。他连忙喊道:"大脚爷爷,我,我怎么下去啊?"

大脚爷爷指点了他一些控制姿势的要领,小沙学得很快,没有一顿饭工夫,他就能够自如地运翅飞行了。

这时,大脚爷爷告诉小沙:"翅膀叫水云巨翅,只有最勇敢、最聪明、最有天赋的海龟,才能配得上这对翅膀。从今天开始,这对翅膀就属于你了,它们是你身体的一部分。"言下之意,小沙就是一只最勇敢、最聪明、最有天赋的海龟。

"爷爷,我一定好好爱护翅膀。"小沙郑重地说。

小沙准备马上去找海鹰王给弟弟报仇。临走时,大脚爷爷送给他一个微星海螺,含在嘴里,可以帮助他听到十分细微的声音。"仅有勇敢,你并不能战胜海鹰王,你要开动脑筋,要比敌人聪明才行。"大脚爷爷告诫小沙。

要不是小沙着急走,大脚爷爷肯定会给他讲自己年轻时的英勇事迹,这可不是一天一夜就能说完的。小沙告辞了大脚爷爷,振翅往西,飞向赤羽峰。

第四章
千里竞飞

小沙朝赤羽峰飞去,他飞得很快。不久,他看到一座山,尖尖的山峰从海面刺出,高高耸立,在骄阳下笼罩着一层赤金之色,就像一扇笔直伸展的鹰翅一般。他绕着山峰飞来飞去,寻找海鹰王的踪迹。

山峰上有很多海鹰,他们刚从翡翠岛捕猎回来,这时大多正在休息。空中有两只巡逻的海鹰,看到小沙飞来,立马叫道:"哪儿来的野鸟,快走快走!"其中一只瘦点儿的海鹰飞上前来驱赶小沙。

小沙迎上去问道:"我要去黑鲮山,这位大哥,这是黑鲮山吗?"

那只瘦海鹰随口应道:"往西!"倒是惜字如金,话不多说。

小沙点头道谢:"好的,谢谢大哥。"

他躲开两只巡逻的海鹰,往山峰背后飞去,心里想:"海鹰以高飞为荣，海鹰王肯定在最高峰吧。"于是他往最高峰飞去。最高峰长着一些红松，在夕阳下剑拔弩张，显得十分苍劲有力。忽然，凭借着含在嘴里的微星海螺，小沙竟然听到了弟弟小漆的说话声！

他悄悄飞落红松山峰，看到一块形状像海龟脚丫般的大石头，大石头旁果然趴着缩头缩脑的小漆，旁边还站着海鹰王。

"太好了，小漆还活着！"小沙心里一阵激动。

海鹰王把小漆放在了大石头上，用他的大铁爪扒拉来扒拉去，小漆把头缩进壳里，一个劲儿喊妈妈。

"嘿嘿，等我玩饿了，就吃了你。"海鹰王嘿嘿笑着说。

"那你现在能不能先不玩呢？"小漆说。

"为什么？"海鹰王问。

"不玩你就不会饿了。"小漆天真地说。

"小蠢蛋，不玩我也会饿，饿了我就会吃你。"海鹰王一阵坏笑地骂道。

"那你打算怎么吃我？我告诉你，我不好吃，我的肉是辣的、苦的。"小漆说。他只知道辣的和苦的不好吃，如果他知道臭狗屎更不好吃，肯定会说自己的肉是臭狗屎。

"我可是经常吃海龟肉的。我最喜欢把海龟从高处往下一扔，啪的一声，摔到石头上，摔成一块块的，肉是肉，壳是壳，然后挑肥嫩的肉来吃。"海鹰王似乎十分享受吓唬小漆的快感。

小漆说："我今天吃了好多沙子，你摔了我就只能看到一堆沙子。"

他们俩在石头上你一句我一句，根本没有发现不远处的小沙。

小沙想："看来弟弟很聪明啊，胡说八道拖住了海鹰王，所

遨 海录

他悄悄飞落红松山峰,看到一块形状像海龟脚丫般的大石头,大石头旁果然趴着缩头缩脑的小漆,旁边还站着海鹰王。

以海鹰王还舍不得吃他,留着弟弟玩耍呢。我得先救回弟弟,再找海鹰王算账。"

他记着大脚爷爷对他的叮嘱:"你要多动脑筋,要比敌人聪明才行。"小沙在脑海里飞快盘算着:"我该怎么救回弟弟呢?直接打是打不赢的,他的嘴和爪子都那么厉害,我力气也没有他大。趁他不备抢走小漆吗?被他追上怎么办?"小沙想啊想,最后他想到了一个办法,决定冒险试一试。

他落在一棵红松上,用翅膀指着海鹰说:"喂,你们这些混账的鸟,就会欺负没翅膀的。有本事,你和我比比看谁飞得高飞得快!"

那海鹰突然看到一个长着翅膀的海龟,吓了一跳;再仔细看时,发现是一个海龟给自个儿装了一对花翅膀,装模作样来吓唬他。

"呵呵,你是什么鸟?你这是什么鸟翅膀?"

"我是……沙鸟!我这是水云翅!"小沙给自己编了个鸟名。

"管你是沙鸟还是傻鸟,我可不怕你。你还敢跟我比飞行?"

"怎么啦,听说你们海鹰一向自认为飞行厉害,我看,嘿嘿,差劲啊差劲,跟我比差十万八千里,就算你们海鹰王来了,飞起来也只能看到我的屁股!"

"呵呵,我就是海鹰王!"

"你是海鹰王?吹牛谁不会?"

"别废话了,我跟你比飞行!怎么比?你说!看我不赢了你,把你撕得稀巴烂。"海鹰王恶狠狠地说,他也不管这海龟怪鸟是从哪儿来的、来干嘛的,看来他不太喜欢动脑筋。

"从这儿飞去天鹅湾,谁先到天鹅湾算谁赢。不过,你如果舍不得那小海龟,可以带着他飞,我不介意。"

"带着他?你以为我傻啊,我先吃了他。"海鹰王说。

"那你要吃到什么时候哇?不敢比早说啊,我找别人去了。不过我会跟别人说,原来你们海雀儿只敢欺负没毛的海龟,看见我就吓破胆了,连海鹰王都胆怯认怂了!就知道你们海雀儿比我们海龟还胆小,哈哈!"小沙笑着说。他故意把海鹰王叫作海雀儿,就是要激怒海鹰王。

"那我就叼着他和你比!"海鹰王骄傲地说,他没把小漆这点儿体重当回事。海鹰王身高近一米,翅膀展开,有三米多。而小漆体型小,才二十多厘米长,比他哥哥小沙小了近一半。也不知他是怎么长的,平时妈妈也没少让小漆吃虫子啊。

小漆认出了哥哥小沙,他故意骂道:"你这丑鸟儿,非要和海鹰王比赛,让我又要被叼一路了,活受罪死了。"

海鹰王笑着说:"放心,我很快就能赢了他,到时候把你们俩卷一块,摔成肉酱一起吃。"

海鹰王叼起小漆的一只脚爪,他对小沙喊道:"废话少说,赶紧比试!"

就这样,小沙开始了他有生以来第一场飞翔竞赛。海鹰王飞得很快,小沙发现自己不使全力,根本追不上。但很快,他发现自己越飞越快,越飞越轻松自如。而且小沙发现,高空的风是有空隙也是有方向的,他尽量利用空隙和风面,在风面上借力滑行。小沙实在是一个飞翔天才,也许他原本就是一只鸟儿,而不是海龟。

他们在珊瑚海上的广阔天空展开了你追我赶的飞翔竞赛。一个在前面得意地飞,一个在后面拼命地追,他们从西往东,飞向天鹅湾。很快,小沙又有了一个惊喜的发现,他发现自己的翅膀会见风生长,现在已足足大了一半!现在他只要奋力振翅,一下就能飞过十多米。

"可以反击了!"小沙信心大增,他快速飞到海鹰王的上方,憋足了劲朝海鹰王俯冲过去!冲到海鹰王跟前时,他迅速敛起翅膀缩起四肢,全身变成一块龟壳炮弹,砸向海鹰王。大龟壳炮弹狠狠地砸在了海鹰王脖子上,海鹰王脖子像被砍断了一样轰然一阵剧痛。他本能地叫了一声"哎哟",嘴巴一张,小漆掉了下去。

海鹰王一阵头晕,晕晕乎乎地看到一头缩着头脚的海龟,心中惊奇万分:"哪儿来的乌龟?和我比飞的怪鸟儿呢?"这家伙太粗心大意了,太不动脑筋了,没有看出砸中他的龟壳炮弹就是刚才和他比赛飞翔的怪鸟儿。海鹰王的脖子折了,晕头转向地失去了平衡,直接从高空坠落到海里,他挣扎了一会儿后淹死了。

小漆也掉进了海里,不过入水时,他缩着四肢和脑袋,所以一点都不疼,也一点都不晕,他很安全、很舒适地掉进了海里。很快他就游上了海面,四处寻找哥哥小沙。

小沙撞晕了海鹰王,自己也晕晕乎乎地往海面急速坠去。不过他很快就醒了过来,他伸展翅膀,重新飞了起来。小沙掠着水面飞行,搜寻落水的小漆。很快,小沙便听见小漆在海面大喊:"哥,哥,我在这儿!"

其实,当小沙落在红松上时,小漆就发现了这海龟鸟儿是哥哥小沙。不过当时他不能喊哥哥,否则就露馅儿了,海鹰王就会知道的。这小家伙也挺聪明的,绿莎家的孩子都挺聪明的。难道是带斑点的海龟蛋都会孵出聪明的海龟吗?这个秘密可是很宝贵的,可以悄悄告诉给那些海龟妈妈们。

遨海录

第五章
营救小海龟

小沙看到小漆,自然很高兴,说:"小漆,我还以为你被海鹰王吃了呢,咱们快回家,妈妈看到你肯定要高兴得晕倒了。"

小漆却说:"哥,我看见海鹰王把别的小海龟都关在一个巢洞中了,咱们要不要把他们都救出来?让他们的妈妈也都高兴得晕倒?"

小沙觉得弟弟提醒得太好了,说:"啊,对!救,当然要救!我这对翅膀,可就是为了对付那些臭海鹰而长的!"

小漆说:"哥,那个巢洞有两个海鹰看守着。咱们怎么救那些小海龟?"

小沙想了想说:"走,咱们找那个海鹰王去。"

小漆问:"海鹰王去哪儿了?他飞回去了吗?"

小沙说:"他被我狠狠撞了一下,掉到海里了。刚才我找你时,发现他浮在海面上一动不动,可能死了吧。"

"那咱们找他干嘛?给他道歉吗?让他带咱们去巢洞?"小漆还是不愿再看到海鹰王。

"呵呵,别犯傻了,他已经死啦。我是想去拔他两根羽毛,骗骗看守巢洞的海鹰。"小沙对弟弟说。

小漆爬到小沙背上,小沙掠低空疾飞着,一路寻找海鹰王的尸体。很快,小沙发现了漂浮在海面的海鹰王。他从海鹰王身上拔下一根很特别的金色长羽,让小漆拿着,然后兄弟俩飞往赤羽峰。

到了赤羽峰后,小沙仍然绕开山腰巡逻的两个海鹰,从海鹰们栖息的背面山峰直往上飞,飞到红松山峰。在小漆的指引下,来到关押小海龟们的巢洞旁,躲藏在一旁的草丛中。

巢洞洞口有两扇门大小,外面有石块垒着,还有一些杂草,里面传来小海龟们的哭嚷声。

"把我们关在这儿算什么?我要回去!我要我妈妈!"一只海龟小姑娘哭喊道。

"我要喝水,我要吃虫子,我饿了!"另一只小海龟饿极了,哭着嚷着。

门口看守的一只海鹰恶狠狠地说:"别嚷,一会儿我把你吃下去,咱俩都不饿了!"说完他吸溜了一下鼻子,似乎已经垂涎欲滴了。

"吃下去我还是饿,我死了也饿!"那小海龟语无伦次地哭着。

"大王这是怎么了?半天不见回来?捉了这么些肥肥嫩嫩的海龟崽子,兄弟们都饿死了,也不分肉吃。"另一只海鹰不耐烦地说,说完他也吸溜了两下鼻子。

小漆悄悄地对小沙说:"哥,这个说话的海鹰,叫二嗅,刚才那个,是他哥哥叫大嗅。我听海鹰王这么喊的。"

小沙奇怪地问:"你怎么分得清这两个家伙?他俩长得一模一样,在我看来。"

小漆说:"我发现,大嗅说话时经常吸溜一下鼻子,二嗅经常是连着吸溜两下鼻子。你瞧那二嗅,吸溜了两下,对吧?嘿嘿。"

小沙看见二嗅刚才的确吸溜了两下。

"小漆真行,你看得很仔细啊!"小沙夸奖道,他又对弟弟说:"一会儿我先把这两个家伙引开,然后你带着大家躲到海鹰王跟你玩耍的那块大脚丫石头旁,藏好别让海鹰们发现了。我回来把你们背到海上,扔进海里,咱们就安全啦。"

小漆拍拍哥哥的手爪:"好,放心,你也要小心啊!"

小沙悄悄爬开,飞到远处,又飞回来,落在高处的一块石头上。

他手里拿着海鹰王身上拔下的金色羽毛,朝着大嗅二嗅海鹰兄弟俩喊道:"大嗅二嗅,大王让我叫你们去吃好吃的啦。"

大嗅看到一个海龟模样的怪鸟,奇怪地问:"你是谁?你怎么认识我?"说着吸溜了一下。

小沙答道:"你不就是大嗅嘛。我是沙鸟,海鹰王的好朋友!大王吃了海龟小漆,又逮住了海龟小沙,吃不了。他觉得你们俩功劳很大,特意让我叫你们俩去吃海龟肉呢。"

巢洞中那个"死了也饿"的小海龟哭得更大声了。"哇,连小漆都死啦,哇,我的好朋友啊!还有小沙呀,那是我好朋友的哥呀!"

大嗅朝巢洞中喊道:"哭个屁,再哭我马上把你带走!"说完又吸溜了一下。

大嗅看见小沙手里拿着海鹰王的金羽,对小沙的话深信不疑。他对二嗅说:"我先和这位沙鸟兄弟去找大王,吃完小沙的肉,我请大王给大伙儿分海龟肉吃,要不大家都饿得动弹不了啦。"

二嗅:"好,大哥快去快回啊。"

小沙看二嗅不走,心想:"这不行啊,二嗅留下,小漆还是没法救小海龟们离开。"

他说道:"二嗅留下干嘛?大王让你俩一起去啊。"

大嗅将信将疑地问:"是吗?那这些海龟谁看着啊?"

小沙反问道:"不看着他们能跑出来吗?"

大嗅说:"门口有石头拦着,一时半会儿是逃不出来的,但时间长了,说不定他们从哪儿就爬出来了呢?"

小沙说:"那咱们一起去山下,叫一个兄弟上来看着。不过这样一来,他们就知道了大王单独对你们兄弟俩好,有好肉只让你们俩吃,嘿嘿。"他心里想:"小漆应该能想到办法把小海龟都救出来吧?也只能让他自己去想办法了。"

二嗅对哥哥说:"哥,要不咱俩快去快回。大王让咱俩去的,就算海龟跑出来大王也不会怪咱们吧?"

大嗅点点头说:"好,咱们快去快回!"说完仍然吸溜了一下。

小沙说:"好,跟我来吧!"说完,他振翅引着大嗅二嗅朝翡翠岛飞去。

小沙把大嗅二嗅兄弟俩引到离翡翠岛很近的地方,感觉时间足够长了,小漆应该已经想办法把小海龟们救出来了,这时他突然振翅高飞,突然又收缩脑袋和四肢,变成一个龟壳炮弹,朝大嗅狠狠撞去!大嗅比起海鹰王可差劲多了,哪儿经受得起小沙这一下猛烈撞击,立马晕死过去,坠向海面。二嗅看到小沙突然变脸,袭击哥哥,慌忙伸爪张嘴,要来啄小沙的脑袋。小沙张开巨翅一挥,把二嗅拍得翻滚了老远,也朝海面坠去。不过二嗅很快又醒了过来,拍翅膀想逃跑。小沙急忙追上二嗅,双脚一蹬,二嗅被彻底蹬晕了,急速坠向海面。

小沙看见大嗅二嗅兄弟俩趴在海面上一动不动,再也不能吸溜了。他嘿嘿一笑说:"嗯,我这一撞、二拍、三蹬的杀手锏还不错嘛!对付你们两个嗅嗅小菜一碟。"说完他飞向赤羽峰,去找小漆和小海龟们。

小沙先去了红松山峰的巢洞,发现那儿又来了几个海鹰。巢洞的石头已经被扒开了,里面没有小海龟的声音,几个海鹰正在气急败坏地找大嗅二嗅还有小海龟们的下落。

小沙知道小漆已经带领小海龟们安全转移了,便悄悄来到和小漆事先约好的大脚丫石头旁,但是他根本没看到小漆的踪影,更别提小海龟们了。就在这时,他听到咕咚一声响,似乎是谁的肚子的叫声。他有大脚爷爷送他的微星海螺,所以能听到这细小的声音。

他小声喊道:"小漆,是你吗?我是你哥哥!"

他往四周一边找,一边小声喊。不一会儿,从远处的草丛中,探出小漆的脑袋喊道:"哥,哥,你终于回来啦!吓死我了。刚才几十只海鹰四处找我们。我就带着大伙儿躲到这儿啦。"接着,几十只小海龟探出了脑袋。

小漆连忙对小海龟们说:"嘘,都别出声啊,连屁都不能放!坚持,坚持!"

小沙说:"好,好,你们躲得很好啊。咱们还得继续躲下去,等天黑了再回家。"

大家果然一声不吭地坚持到天完全黑了。就连那个说"死了也会饿"的海龟小胖墩,也坚持得很好,真正做到了饿死了肚子也不叫,憋死了也不放屁,更不说话。正是在小海龟们严守纪律的配合下,小沙顺利把大家一个个背到海边,放进海里。虽然很累,但是事情办得安全顺利,小沙的心情相当愉快。想到几十个妈妈一个个高兴得咕咚咕咚晕倒的情景,他一点也不觉得累。

遨海录

后来,小沙问起小漆是怎么把大伙儿救出巢洞的。小漆说:"那些石头中,有一个松动的,我一推,就露出一个洞,大墩子他们就从洞中钻出来啦。那些呆鸟儿堆起来的石墙,你觉得能有多牢固吗?"

小沙夸赞地说:"小漆,你观察很仔细啊!这可是很了不起的本领呢。"

妈妈绿莎见到小沙和小漆兄弟俩安全回来了,别提多激动了,真的一句话也说不上来,咕咚一下晕了过去。那几十个海龟妈妈,还有海龟爷爷奶奶,看到自己的孩子竟然安全回来了,也都高兴得咕咚咕咚晕了过去。小沙和小漆知道后,终于得意地大笑起来。

自然,大家从小海龟们的口中知道了小沙勇斗海鹰王、营救小海龟们的英勇事迹,都很敬佩和感激他。大家见到他都会夸赞他,这让他很不好意思,他经常摸摸头说:"这就是我想要一双翅膀的原因啊，这是我应该做的！"

后来，小沙经常到积云礁找大脚爷爷学习本领，和大脚爷爷待在一起的时间长了，大脚爷爷也越来越喜欢这个勇敢的小海龟了。大脚爷爷对小沙说："有时候我要给人们或海里的鱼儿写信，找不到合适的送信人。你游得快，还会飞行，你愿意做我的送信人吗？"

小沙自然十分乐意，于是他就成了大脚爷爷的"送信人"。后来大脚爷爷终于将小沙收做了徒弟，还教给他很多本领，包括如何听懂人类的话语，以及直立行走，等等。铁铠王子也是大脚爷爷的徒弟，他们经常一起训练、玩耍，哥儿俩成了最好的朋友。

海骑士

第一章
放归小白鲨

一百多年前,珊瑚王国有个叫李海臣的年轻人。李海臣是个远近闻名的捕鱼能手,他对鱼类的习性了然于胸,因此,他能准确发现鱼群的踪迹,渔民们每次跟他一起出海捕鱼总能满载而归。

李海臣父母去世的早,他一个人生活在翡翠岛南岸。李海臣心地善良,他常常将捕捞的鱼虾分给附近无法出海捕鱼的老人们。李海臣有个爱好,喜欢新奇的鱼儿,他喜欢捕捉别人从没见过的鱼儿,和鱼儿们玩耍解闷儿,过一段时间,再将鱼儿放归大海,因此他认识好多奇怪的鱼儿,和他们都是好朋友。

有一次,李海臣独自驾船出海钓鱼。他用大海竿钓到一条大鱼,当他将大鱼拽到船舷旁时,他发现这条大鱼是一条小白鲨。小白鲨的嘴角已经被三脚鱼钩弄伤,不停地流着血。也许是小白鲨发觉越挣扎越疼的原因,他老老实实地趴在水中,眼泪汪汪地看着李海臣。

小白鲨可怜的眼神让李海臣不忍心伤害他。他将鱼竿插在船舷上，小心翼翼地解下挂在小白鲨嘴里的鱼钩，把小白鲨放了。谁知小白鲨围着李海臣的渔船不肯走，一边围着渔船游，一边摆着尾巴，脑袋一上一下的，似乎在求他什么事儿。李海臣心里一动，想："这个小白鲨嘴角流血了，他是害怕回家的路上，被别的鲨鱼给吃了，因此他在求我帮他吧。这小家伙挺聪明的啊。"

"跟我走吧。"李海臣对小白鲨说。

他开起船，朝小白鲨招招手，往家里驶去。小白鲨果然听懂了他的话，跟在渔船后面，寸步不离。渔船靠岸后，李海臣心想："怎么把这个小家伙安置好呢？"他决定把小白鲨放进海边鱼池中。海边鱼池是他在海岸边挖的鱼池。鱼池与海水间有水渠相连。水渠口有铁栅栏拦住，以免鱼儿跑到海里。李海臣在邻居们的帮助下，费了九牛二虎之力，用渔网把小白鲨顺着水道拉进了鱼池。他将小白鲨放在一个单独的鱼池里。

李海臣每天按时给小白鲨喂鱼吃，还跟小白鲨说话，虽然看起来小白鲨并不懂他在说啥。渐渐地，他和小白鲨成了朋友，小白鲨看见他跟看见好兄弟一样。一次喂食的时候，李海臣对小白鲨说："小家伙，咱们是兄弟了吧，得给你起个名字才好呀，不能总是叫你小家伙啊。叫什么好呢？"

"我估计你就两岁多，要不叫你小朋友吧？"李海臣问小白鲨。

随即他又摇了摇头："不成，不成，你个头这么大，叫小朋友有些名不副实了。"

"要不叫你大馒头？"李海臣问小白鲨。小白鲨摇摇尾巴，走开了,也不知道是没有听懂,还是觉得这个名字太难听了。

"看来你不满意啊。要不叫你白云怎么样?不行不行,白云跟女孩名字一样啊。"

李海臣绞尽脑汁想给小白鲨起个好名字。他没怎么读过书,识字不多,想给小白鲨起一个好名字,确实有些为难自己了。"不知道你爸爸妈妈叫你什么?我的爸爸妈妈很早就去世了,他们给我起的小名我还记得,叫多福。嘿嘿,要不我就叫你多福吧?嗯,多福,好吗?"李海臣觉得多福这名字挺好,就送给了小白鲨。小白鲨摇摇尾巴,看来也不反对。

话说小白鲨被养在鱼池中,心里也是忐忑不安。他的家在珊瑚海南部很远的地方,这是他第一次跑这么远来玩儿,没想到就被李海臣给抓到了。他心里想:"看来这个人暂时不会伤害我,不过我以后要少吃一点,免得吃胖了,他又要杀掉我吃肉了。"这是他爸爸告诉他的祖传生存技能。所以以后谁要是刚养了小动物,发现他们不肯吃饭,就应该知道这也许是他们怕被你杀掉吃肉,在耍小把戏呢。

十几天以后,在李海臣的悉心照顾下,多福嘴上的伤好了,李海臣就把他放归了海里。多福依依不舍地在海边转了几圈,啾啾叫了几声,消失在远处的海中。

多福刚走那些天,李海臣老是惦记着多福有没有找到自己的爸妈。过了半年后,李海臣才渐渐淡忘了多福。

第二章
多福的报恩

有一天，李海臣正在海边晾晒渔网，忽然听到岸边有啾啾啾的声音，还有呼啦呼啦的浪花声。李海臣对鱼儿的习性再了解不过了，他知道这是有大鱼在岸边活动。按理说一般不应该有大鱼到附近浅滩来的，这样很容易搁浅。他曾经和渔民们帮助过很多被海浪冲上浅滩而搁浅的须鲸，对此很有经验。于是他跑过去看个究竟，看是不是有大鱼搁浅了需要救助。

李海臣跑到海滩一看，发现海里有四头白鲨，其中一头小白鲨在近岸的地方扑腾，另外两头大的和一头小的却在远一些的海里游来游去。李海臣一眼就认出了扑腾的小白鲨是多福。因为多福的身形和游水的姿势，他太熟悉了。

多福看见李海臣，尾巴摆了摆，张嘴露出一排尖牙，看起来很凶狠的样子。但李海臣知道，其实这是多福在朝他笑，想要表达亲近的意思。李海臣跳进海水里，游到多福身边。多福张了张嘴，用脑袋蹭了蹭李海臣，就像久违重逢的朋友。

李海臣心想:"都说白鲨凶残,看来,他们也有感情、也懂恩仇。毕竟他们是海中之王啊,智商高着呢。"

远远地,只见大白鲨爸爸妈妈和另一只小白鲨在玩耍,不时跃出海面,掀起阵阵巨浪。

李海臣拍拍多福的头,说道:"你好了就行,以后小心点。快回去吧,这儿水浅,小心搁浅啦。"

多福张了张嘴,似乎在说:"嘿嘿,又见到你了。你不想和我玩吗?"

"我在晾渔网。"李海臣指了指岸上的渔网说道,又拍了拍多福的背,指着远处说,"从这儿往东北走不多远,是一片白石海岸,那儿水深,我有空就会去那儿待着。明天中午你去那儿,咱们一起玩儿。"

多福似乎听懂了,高兴地摇了摇尾巴。远处的那头小白鲨过来喊多福了,她身形高大,看样子像是多福的姐姐。多福摇摇尾巴朝姐姐游去,不一会儿,他跟着姐姐和爸爸妈妈消失在水中。

第二天李海臣没什么事,他上午就去了和多福约定的白石海岸,那儿的岩石光洁温润,他喜欢去那儿晒太阳睡大觉。

他到达白石海岸的时候,正是上午九点来钟。海面碧波粼粼,天上云絮悠悠,风儿暖暖和和,李海臣和衣而卧,在岩石上美美地打着小盹儿等着多福。不一会儿,他听到了鲨鱼的啾啾声,一看海面,果然是多福来了,这次只有多福自己。看见李海臣,多福很高兴的样子,欢快地在水里游来游去,劈开层层波浪。

"哇,你挺聪明嘛,这么快就找到白石海岸了!"李海臣夸赞多福。

"那当然,我是白鲨啊!"多福似乎听懂了李海臣的话,欢快地跃出海面又一头扎进了海里。

"好嘞,咱们冲浪吧,你教我!"李海臣也很高兴,脱去外衣,一个猛子扎进了海里,和多福玩起了冲浪。

多福很聪明,与李海臣配合得很好,李海臣很快就学会了骑在多福背上冲浪的技巧。最后,他竟然能够站在多福背上乘风破浪了。李海臣十分兴奋,感觉自己在海面上飞行一般,一边飞,一边喊:"啊,大海,我来了!多福,咱俩好快啊!"

遨海录

最后玩累了,他在岩石上美美地睡了一觉。多福也有些累了,靠着岸边安安静静地躺着,也睡着了。

从那以后,李海臣经常骑着多福在海里飞驰。李海臣去捕鱼的时候,多福就在他的渔船前头引路。不过,很多鱼看见多福来了,就吓跑了。李海臣就对多福说:"你还是别在我的船头晃悠了,如果你想帮忙,就从远处把鱼往渔网里赶吧。"

多福听懂了李海臣的话。他从远处兜圈子,把鱼儿往李海臣的网子里赶。别的渔船上的渔民就说:"李海臣,你的多福太不像话了,把我们的鱼都赶到你的网里去了。"

李海臣哈哈一乐,说:"没事,这么多鱼我也吃不完,都给你们了!"

这样,李海臣和渔民们因为多福赶鱼的功劳,都多打了不少鱼。渔民们都说:"多福真像一条好猎犬啊!"李海臣笑着说:"多福是我的朋友,他可不是什么猎犬,他是来陪我玩儿的。"后来,渔民们和李海臣商量:"以后尽可能合开一艘大船出海捕鱼,这样不仅能节省人力和油料,还能借助多福来捕鱼。"

第三章

受伤的海豚

有一次,李海臣和渔民们合开着"微风"号渔船出海捕鱼,李海臣是船长。"微风"号驶离翡翠岛后,往南行驶了大半天时间,来到一处叫彩云岛的海岛。彩云岛是一座面积仅有三四平方公里的小岛。在彩云岛上空有大团的白云,阳光照射在白云上,五彩缤纷,异常美丽。

李海臣看了看海流说:"这附近应该有些好鱼,我们还没在这儿捕过鱼吧?"

于是渔民们撒下了拖网,多福开始往渔网里赶鱼,他远远地兜了一个大圈,一会儿跃出海面,一会儿又扎进海里,海面碧波翻腾,泛起一朵朵白色的浪花。过了一会儿,李海臣发现多福游得越来越快,不再上下翻腾,而是在海面疾驰,就像一把利剑,刺破丝绸般的碧波。

"不对劲啊,"李海臣说,"多福似乎在追什么东西!"

"是吗,你咋知道的?"同船的水手问。

"赶鱼的话多福不会游这么快,那样还不把鱼群给惊散了?"李海臣指着多福的游动轨迹说,"你看他这样子,根本没有绕圈,这哪儿是在赶鱼,而是在玩命地追什么鱼呢!"

突然,海面上跃出一条大鱼,李海臣定睛一看,是一只黑海豚。原来多福是在追赶一只黑海豚!

多福似乎看中了这个猎物,铆足了劲儿紧追不舍。不过每次眼看追上了,等他张开大口咔嚓咬下去时,那海豚一个跃起,就又拉开了一些距离。

遨海录

多福紧紧追赶着黑海豚,他边追边想:"你敢自称仙子,看我怕不怕你?虽然我还不敢吃你这么大的鱼,但我咬你一口,你怕不怕?"

黑海豚的处境十分危急,她一边拼命游一边想:"姐妹们都出去了,就剩我一个人在家,偏偏我生病了,浑身无力,被这个恶鲨鱼紧追不放,难道我就这么死了?"

渐渐地,李海臣发现黑海豚体力不支,快被多福追上了,有几次差点被多福咬到尾巴。李海臣看见那黑海豚头顶有金色的珍珠印,在阳光照射下闪闪发光。他觉得这海豚可能是很珍稀的一种海豚,说不定还是海豚仙子呢,心想:"别让多福咬伤了她才好。"

李海臣急忙朝多福喊道:"多福,把他赶过来吧!"他连喊了好几遍,谁知多福正在兴头上,根本不听李海臣的命令。李海臣没办法,对掌舵的水手喊:"把船往那儿开,截住海豚。"船员们把船开到李海臣指的地方。过不一会儿,黑海豚果然往渔船这儿飞速游来。"张网,张网!"李海臣赶紧下令。网刚张开,黑海豚一个躲闪不及,撞进网来。紧接着多福的嘴巴就跟到了。众人赶紧一起用力把网拖出了海面，多福扑了个空。黑海豚"啪"的一声，被网兜着摔在了渔船上。她扑棱棱来回翻腾，想要挣脱渔网。幸好渔船很大，黑海豚并没有翻腾到海里去。

多福在渔船周围来回穿梭，不断发出啾啾的喊声，似乎怒气未消："我追了这么久的海豚呢？快还给我！我马上就要咬到她了！你们怎么帮着她不帮我？亏着我给你们赶鱼来着，到底谁是自己人？"

李海臣从船上扔了一些大鱼给多福，多福生气了，仿佛在说："不要臭鱼，就要海豚！"他用脑袋顶开鱼，生气地游走了。

黑海豚在甲板上蹦来跳去，尾巴不停地流血，原来她的尾巴被多福的牙齿咬破了。过了一会儿，她似乎没力气了，不再乱跳，只是嘴巴不停地张合。这时，李海臣赶紧取来药物，给海豚止了血，将她抬进了一个单独的小鱼舱中。

不久，多福又不声不响游了回来。这次，他心情平静了些，吃了些李海臣扔给他的鱼。之后，多福又继续充当猎犬，帮助李海臣赶鱼。众人打了整整一天鱼，直到所有鱼舱装满了鱼，这才启程回翡翠岛。靠岸后，李海臣把鱼都分给了船上的渔民，自己一点儿也没有留，只留下了那头受伤的黑海豚。他把受伤的黑海豚单独放在一个洁净的鱼池中，因为他知道海豚都很爱洁净。

第二天早上，李海臣到鱼池来查看黑海豚的伤势。他给黑海豚重新上了药，看着黑海豚在鱼池里安静地游来游去，划出优美的曲线。他发现黑海豚十分漂亮，眼睛像两颗黑珍珠般似睁似闭着，嘴巴划出月牙般优美的弧线，皮肤纯黑如缎绝无瑕疵，额头的金色珍珠印在水中仍然光彩熠熠。李海臣用手轻轻抚摸黑海豚额头的珍珠印，过了一会儿，他发现自己的手掌中竟然也印下了一个淡淡的珍珠印，这令他十分惊奇。

"你这么美，是海豚女王吗？"李海臣盯着黑海豚怔怔地问道。水池里的黑海豚似乎没有听懂李海臣的话，她摆了摆尾巴，游到了鱼池的另一侧。李海臣叹了口气说："等你好了，我会放你回去的，你放心吧。"

李海臣对着黑海豚说了半天，黑海豚却不像多福那样，和他有眼神的交流，更没有变成美丽的仙子站起来和他说话。李海臣叹了口气说："看来海豚仙子的传说，都虚无缥缈得很。"说完他进船舱睡觉去了。皎洁的月光照着黑海豚，她一动不动停在水中，似乎也睡着了。

遨海录

第五天早上，李海臣去看黑海豚，准备给她的伤口再涂些药。可是当他来到鱼池旁时，却发现黑海豚已经不见了。看样子，她奋力跃过鱼池的围栏，从水渠游入海中逃走了。

李海臣怅然若失，感觉像亲密的朋友不辞而别了一样，为什么会有这种感觉他也说不清。以前，他也养过海豚，后来也都放生了，但是从无这种失落的感觉。难道是因为那黑海豚有什么特别的地方吸引着自己吗？李海臣看着右手掌中的珍珠印，说道："你呀你，怎么不辞而别了呢？太见外了吧？"

为了驱散失望的心情，李海臣决定到白石海岸去找多福玩。他到的时候，多福正在白石海岸的海里戏水。白石海岸简直成了多福的第二个家了，他没事就从海里游到白石海岸来找李海臣。

李海臣走到多福身边问道："多福，你知道那黑海豚的来历吗?"

多福摇了摇头,眼里有些嘲笑之意,似乎在笑话李海臣:"你这么关心她,难道她比我厉害吗?我看不见得啊!你是不是看人家长得好看?喜欢人家了?她可不一定是仙子啊,可能就是一个爱臭美的黑海豚呢。"

"你这家伙,啥也不懂。"李海臣朝多福一笑,摇了摇头。他心中对黑海豚的思念无法排解,最后竟躺在一块岩石上呼呼睡着了。

第四章
海豚七姐妹

后来，李海臣经常带着渔民，开着"微风"号渔船去彩云海捕鱼。他还想遇见额头有珍珠印的黑色海豚。这一天，他们的船刚驶进彩云海，多福就兴奋得不行，他刺啦啦四处游走，往渔船的渔网里赶了不少鱼。突然，李海臣看到多福又开始疾速游动，线路飘忽不定。

"难道多福又发现了什么奇特的猎物？"李海臣心想。

这时，本来平静的海面突然波涛翻滚，波涛中涌出七朵水花，整齐地升出海面。水花托举着七只海豚，漂移至渔船船头不远处停了下来。李海臣朝海豚们看去，发现她们是白、黑、红、橙、蓝、绿、紫七只肤色各异的海豚，她们的额头竟然都有金色的珍珠印。七只海豚肤色都很纯美，如镶嵌在大海中的宝石一般，众人从没有见过这么美丽的海豚，不禁在心里赞叹大自然的神奇造化。

李海臣仔细打量七色海豚中的黑海豚，心里想："这个黑海豚的模样，肯定是我救过的那只黑海豚呀！原来她们有七姐妹啊。她们是干什么的？难道是这儿的仙子？"

多福看到海豚们乘着浪花而来，很像是海豚仙子的样子，不敢再去招惹她们了，他对着海豚们不停地摇头摆尾，似乎在说："你们是这儿的仙子吗？上次我可没想吃黑海豚啊，就是和她开玩笑的，你们可千万别当真呀！"

正在人们纷纷猜测七只彩色海豚的身份时，令人吃惊的事发生了。七只海豚中的白海豚口吐人语，声音清脆："李海臣，此处是禁猎区，尽速离开为是！"

李海臣朝白海豚微微低头，回答："我不知道这是什么禁猎区。再说，各位是什么人物？凭什么阻拦我？"

这时，只见七海豚摇身变成七位美丽的仙子，身着七色的彩云纱衣，她们额头的珍珠印仍如海豚身形时一样，熠熠生辉。

白海豚似乎是七姐妹中的大姐，只听她对李海臣说："李海臣，我们是珍珠海豚七姐妹，我叫白珍珠。"白珍珠指了指黑海豚说，"这是我二妹黑珍珠，上次身体不适独自在家，被你的白鲨所伤，你还记得么？"

渔船上的渔民窃窃私语："早听说有海豚仙子，竟然是真的！我们竟然看到海豚仙子了！"

李海臣回答："那真是一个误会，我也感到抱歉得很，后来我救了黑珍珠仙子，只是她不辞而别了，呵呵。"

白珍珠说："过往的事，就算一场误会，我们也不追究。实话告诉你们，我们是海洋女神座下的海英士，奉海洋女神命令，守护彩云海。任何人都不能在彩云海捕猎，你们快走吧！"

船上一个年轻渔民问一个老渔民道："什么是海英士？"

老渔民小声说:"听大脚爷爷说,世上的海洋都由神仙们掌管,世上的神仙从低到高分为惊澜、青云、星辰三级,每一级里又根据职责不同有不同的称号,例如惊澜级海神里有海力士、海骑士、海英士三种称号;青云级海神里有青鼋将、青龙将、青影将;星辰级有星云神、星光神、星幂神。这些海豚仙子是海英士,应该是惊澜级女神了。"

"这有点像当官的职务等级啊。比如部长这一级里,不也有渔业部长、农业部长、教育部长等不同的部长吗?"年轻渔民拿珊瑚王国的官职和海神的职级相比较,感觉自己明白了些。

"没错,你这么比较也没错。"老渔民一笑。

"那海洋女神呢?她是什么神?她是最厉害的吗?"年轻渔民又问。

"海洋女神肯定最厉害啊,当然是星辰级的啊。"老渔民说,"至于是星云神、星光神还是星幂神,我就不知道了。"

只听李海臣对白珍珠说:"白珍珠仙子,您不让我们在这儿捕鱼,是因为这里有七彩珍珠贝吗?"

白珍珠用诧异的眼神看着他,没有说是,也没有说不是。

紫珍珠忍不住说:"你还知道七彩珍珠贝?谁告诉你的?我二姐可不会告诉你的。"这无异于承认,彩云海确实有七彩珍珠贝。

李海臣:"没有人告诉我,我是从一本古书上看到的。这个海岛叫彩云岛,这片海域叫彩云海,这儿的云彩常映有七彩光芒,加上几位仙子都有珍珠印,因此我猜这里一定跟七彩珍珠贝有关。"

白珍珠说:"知道多了对你没好处,赶紧走吧。不追究你们闯入禁捕区的罪责罢了!"

李海臣说:"海豚仙子,你们是吃了七彩珍珠,所以变成了仙子的吗?"

白珍珠叹了口气道:"唉,你好奇心太大了!只好对不起了!"

说完,白珍珠左手一挥,一股白色水花像巨索一样从海面升起,迅速缠绕住"微风"号渔船。白珍珠右手又一挥,白色海浪巨索将"微风"号拽得左右倾斜,眼看就要倾倒了。

白珍珠对其他海豚仙子道:"妹妹们,动手吧!"

其他海豚仙子听到姐姐的号令,纷纷挥动双手,掀起一层层如瀑布般的巨浪,将"微风"号彻底掀翻,渔民们纷纷跌落海里。李海臣也跌落到海里,他奋力往水面上游去。多福游过来救李海臣,想背起他离开。白珍珠掀起一道巨浪,将李海臣和多福甩到空中十多米高,翻了几个跟头,摔晕在海面上。

不知过了多久,李海臣慢慢醒来,他觉得自己像是躺在一张小船上,小船正平缓地在海面滑行着。他觉得周身疼痛,忍不住悄悄睁开了眼睛。他看到自己正躺在一片巨大的浪花上,这朵花朵般的浪花,像船一样载着他平稳驶向前方。

"难道我淹死了?现在正被虾兵蟹将驮去龙宫喂龙王?"李海臣悲伤地想着,又觉得这个想法太荒唐,世上哪儿有龙宫?就连传说中的海洋女神,也虚无缥缈得很,谁又见过?

这时,只听旁边响起一个小姑娘的声音:"二姐心好,非要救他,不嫌麻烦。"

声音是从浪花船外传过来的。李海臣悄悄闭起眼睛,听这些"虾兵蟹将"说些什么,要把他怎么处置。

"既然要救他,干嘛刚才还掀翻他们的船?虚伪!"另一位姑娘声音爽脆地说。

"正因为掀翻了他的船,所以才要救他。"又传来一位姑娘平静的话语。只听这位姑娘接着说道:"我们这次也是为了保护七彩珍珠不得已而为之。唉,谁让李海臣太聪明,猜出了七彩珍珠贝的秘密的?我只能掀翻这渔船,抹去这些人刚才的记忆。他们醒来后,会记得自己只是经历了一场风暴,忘记七彩珍珠贝的秘密的。但咱们把他们掀到水里,救他们上岸也是应该的,要不他们都得淹死了。大家也别有什么怨言。"

遨海录

"原来是那七位海豚仙子!"李海臣听到这儿,渐渐回想起了刚才发生的事情。他知道自己并没有死,只是被海豚仙子们给教训了一番,想要抹去他刚才的记忆。可能这些仙子没想到他这么快就醒来了,一时大意,被他偷听到了她们的悄悄话,唤醒了被抹去的记忆。可是这些海豚仙子说的是海豚语言啊,自己怎么能听得懂呢?李海臣不禁悄悄看了一眼手掌中的珍珠印。那是黑珍珠额头的珍珠印,上次自己救了黑珍珠后,在给她治疗伤口时,留在手上的。难道是这个珍珠印的神奇作用?

"那白鲨可恶,上次把二姐伤了。"听声音,似乎是绿珍珠在说话。

"也教训它了,总不能杀了它吧?"黑珍珠说道。

"咱们会杀人吗?嘻嘻,整天吓唬吓唬人罢了。"一个声音稚嫩的女子笑着说道,想必是那个天真的紫珍珠。

"他醒了,别说啦!"白珍珠突然对姐妹们说道。

"他又听不懂咱们在说啥,嘻嘻。"紫珍珠说,"除非,除非二姐给他印了珍珠印了。"

"就你多嘴。看我回头不把你嘴巴粘上。"黑珍珠假装生气地说。

李海臣心里想："看来，真是珍珠印的作用啊，让我听得懂她们的话了。"

海豚仙子们都不再说话。李海臣心里想："多福怎么样啦？黑海豚该不会知道我偷听到了她们的话了吧？她会怎么处置我？"想着想着，他又困又累，竟又昏睡了过去。看来他这么快就醒来，的确是出人意料的事。

过了不知多久，李海臣再次醒过来。他发现自己躺在熟悉的白石海岸上。黑珍珠在礁石上坐着看着他。

见他醒来，黑珍珠说："你醒了就好，我要走了。你跟渔民擅自闯入彩云海，遭遇了风浪，被我们救了。其他渔民们都回家啦，偏偏你半天醒不来，我怕你被鳄鱼吃了，所以等到现在。"

李海臣翻身坐起，刚要张嘴道谢，只见黑珍珠一笑，翻身入水，消失在碧波中。

李海臣拢手在嘴边，大声说："黑珍珠，谢谢你救了我！"

茫茫海上，不见回音，只听见海浪拍打礁石的哗哗声。

第五章

再见黑海豚

海涛拍岸,日复一日。后来又有一次,李海臣独自驾船出海捕鱼。他带着多福来到彩云海附近,想见到黑海豚,感谢她的救命之恩。他不敢驶进彩云海,只在彩云海外围拖网捕鱼。多福替他赶了几趟,也是运气好,网了不少鱼。哥儿俩正在高兴的时候,突然间浪花翻滚,一条海豚翻腾跳跃着伴着缤纷的水花,游了过来。李海臣的心怦怦直跳,他希望是海豚仙子来了,最好是黑珍珠来了。

等那海豚游近了,李海臣一看,竟真是黑珍珠!黑珍珠停住,收住水花,变成了仙子模样。她对李海臣说:"李海臣,你多次到彩云海捕鱼,难道你真的不怕死吗?喜欢拿自己的性命开玩笑吗?"

李海臣答道:"我又没有犯什么罪,这次我可没有进彩云海。"

黑珍珠摇摇头劝道:"珊瑚海那么多捕鱼的地方,你为什么偏要到这儿来?"

李海臣说:"我来找你,想谢谢你上次救了我的命!还有你印在我手上的珍珠印,让我能听懂一点你们鱼儿的话了,我要当面谢谢你,不能偷偷受了你的好处。"

黑珍珠怒道:"你救过我,我也救过你,两下扯平了,互不亏欠啦。话说回来,珍珠印可不是我给你印的,是你自己印上去的,我已经跟我姐姐报告了这件事了!"

李海臣哈哈一笑说:"都是海洋儿女,何必怒目相对?更不应该拒人千里之外呀。我早把你当朋友了,我来了好多次了,只是希望见到你,当面感谢你。"

黑珍珠笑了笑,说:"你想感谢我,那我跟你说一件事吧。我知道大家对你的评价还算不错。但你让白鲨当猎鲨替你赶鱼,又用细眼渔网捕鱼,这对鱼儿们来说,就是噩梦一般的暴行,也有违海洋女神对鱼儿的呵护之情。你如果当咱们是朋友,能听我劝告,放弃这种残忍的捕鱼方式吗?"

李海臣想了想说:"这个我以前没有想到,是我不对,我下次不会这样了。"

黑珍珠说:"好,还有一件事,你绝对不能靠近彩云岛,否则我会杀了你。"

说完她迅速跃入水中消失了。

李海臣大声说:"黑珍珠,咱们是朋友了吧?什么时候再见?"

却见海面风波平静,哪里还有黑珍珠的身影。李海臣叹了口气,拨转船头,跟多福一起回了家。

再后来,李海臣到彩云海附近来的次数更多了,几乎每月都来个七八次。他听从黑珍珠的劝说,改用大眼渔网。大眼渔网只捕捞大鱼,小鱼都从网眼漏掉了。虽然他来的次数很多,但没敢再进入彩云海,他也再没有遇上过黑珍珠或其他海豚仙子了。不过他也有惊喜的收获:他现在能和多福简单交谈啦。李海臣知道,这可能都是右手掌中珍珠印的神奇作用。

时间过得很快,转眼已经是第二年初夏。这一天,李海臣像往常一样在彩云海外围捕鱼。海上忽起大风浪,李海臣找不到岛礁躲避,只好冒着风浪返航。渔船在风浪里像一片叶子一样颠来倒去,随时可能翻倒。李海臣驾船水平很高,他驾驶着渔船忽东忽西,随波逐流,躲过一重重巨浪,向翡翠岛驶去。正当李海臣以为能逃离风浪区时,渔船的舵突然折断了,这时一股巨浪扑来,将船打翻,李海臣翻落水中。多福正在船头领航,发现李海臣落水,急忙游了过来,救起李海臣,将他驮在了背上。李海臣右腿被船侧翻时狠狠撞了一下,一阵阵钻心地疼,似乎小腿骨折了。李海臣趴在多福背上,摇摇欲坠,感觉自己没法再坚持多久了,必须就近上岸治伤。昏昏沉沉中,他告诉多福往最近的岛游去。

遨海录

过了半小时左右,多福背着李海臣竟游到了彩云岛旁。李海臣一看:"糟糕,怎么到彩云岛了!唉,没办法,来都来了,再出去也来不及了,还是先上岛避过风浪再说。"

就在这时,一直稳稳当当游着的多福,突然一个侧身,把李海臣掀下背来。李海臣脑海里立刻反应:"多福发现危险了!"李海臣水性很好,这里水也不深,他沉到水下,倒也不慌。他往四周看去,眼前一片珊瑚,像树丛一样,紫色斑斓,形态峥嵘,非常好看。李海臣忍住小腿骨疼痛,招呼多福往岸边游去。多福却犹豫着不肯前进。当在李海臣经过一树紫色珊瑚旁时，突然从两枝珊瑚中喷出一股墨汁，包围了李海臣。珊瑚树变成了一只巨型章鱼。这章鱼身高有两米多，腰有水缸粗细，腕展足有十多米。李海臣被他的墨汁喷中，顿感眼前一黑，头脑发晕，一时摇摇欲倒，原来这天章鱼喷出的墨汁是有毒的！多福奋不顾身地冲过来救李海臣。

李海臣心想："不好，遇到章鱼怪了。"他久居海边，知道章鱼都有变形的本事，还会喷出墨汁，迷惑敌人。迷迷瞪瞪之中，他感觉身体好像被章鱼吸盘吸住了，章鱼的手臂也紧紧缠住了自己。李海臣只觉得胸腹中的气息都被挤了出来，眼看要呛水而死了。

"完蛋了，我要死了！"李海臣心想。

此时，多福也被章鱼巨腕死死缠住。多福将近四米来长，力气大又凶猛，他很快便摆脱了章鱼。但多福没有见过这么大的章鱼，还以为遇到了怪物，心里胆怯，不敢硬拼，只能在章鱼四周游走着寻找机会。这时，李海臣已经奄奄一息了。但章鱼似乎不想让李海臣就这么死了，他把李海臣卷出水面，让李海臣吸了几口气，又把他卷入水中。多福不肯舍了李海臣逃跑，围着章鱼四周窜来窜去，想要伺机攻击章鱼解救李海臣，却始终找不到下嘴的地方。

就在李海臣饱受章鱼折磨奄奄一息之际，他的耳朵里传来一个女子的声音："八哥，放手吧！"听那声音，似乎正是李海臣苦苦寻找的黑珍珠，他的精神为之一振。

那个叫"八哥"的章鱼听到黑珍珠的命令，松开了李海臣，直奔多福去了。李海臣缓缓浮出水面。看见黑珍珠依然是站在水花之上,一身浪花裙摆的黑色长裙。

此处是彩云岛的浅滩,海水不深,章鱼以爪吸住水底迅速爬行,很快和多福斗在一块儿。多福怕章鱼的毒墨汁和长手臂,章鱼也忌惮多福的锋利牙齿。

黑珍珠又喊章鱼:"八哥,别伤他!"

大章鱼停住了攻击。

多福也停下了反击,他缓缓游到李海臣身旁。李海臣轻轻拍了拍他,发现多福尾巴被岩石擦伤,流出血来。

李海臣对多福说:"多福,你先回去吧,我没事。是我让你来彩云岛的,跟你没关系,就让我一个人留下受罚吧,你先走。咱们少一人在这里,也少一分擅闯禁区的罪责,回头咱们老地方见。只可惜我手上没有药,没法给你治伤止血了。"

"你赶快走吧!"黑珍珠也对多福说,"以后不许再来这里了!"

多福对黑珍珠说:"那李海臣呢?你不会吃了他吧?"

李海臣笑着说:"放心吧,海豚可不吃我的臭肉!"

多福对李海臣说:"你要当心哦,特别是那个章鱼八哥。万一他打你,你就往岸上跑,他追不上你的。"

李海臣说:"你也小心呀,你受伤啦,先去白石海岸待着,别被别的鲨鱼发现啦,他们会吃了你的!"

多福摇摇尾巴走了。

黑珍珠板着脸对李海臣说:"李海臣,跟我走吧!"

李海臣笑着说:"跟你去哪儿?上彩云岛吗?那可太好了。"

黑珍珠摇摇头说:"想得美!擅闯彩云岛,是要受责罚的,我带你受罚去!"

"我腿受伤了,不得已才进来的。"李海臣指着自己的右腿说。

"怎么受伤的?"黑珍珠问。

"遇到风浪,腿撞在船舷上,小腿好像断了,不得已我才让多福背我到这里暂时避一避,风浪过后马上走。"李海臣忍住小腿的疼痛勉强说。

"我背你走!先离开彩云岛再说。"

"你背不动我。"李海臣刚要拒绝,谁知黑珍珠双手徐徐上扬,只见海面升起一朵美丽的浪花船,她扶着李海臣上了浪花船,然后推着浪花船徐徐往前移动。

两人一直往前游。李海臣开口说:"谢谢你,又救了我一次。"

"哼!"黑珍珠鼻子里轻轻哼了一声。

"也不知道多福怎么样了?他尾巴受伤了,不知道平安回去了没有。"李海臣想到多福,突然担心起来。

"你还是关心一下自己的小命吧!你老是跑到彩云海干嘛?"黑珍珠突然责备道,她的眼里似有深深的忧虑。

"来找你啊。你知道,我有很多鱼儿朋友,但海豚朋友只有你一个。"

"有那么好玩么?看着我们额头有珍珠印觉得新鲜吧?要不要多印几个?在左手再印一个?"黑珍珠略带嘲讽地说。

"不是好玩,是发自内心的喜欢。有时候我觉得自己是海里的鱼,而不是岸上的人。我手上的珍珠印,确实不是有意偷印的啊。如果你觉得我这样很卑鄙,就把我的手砍了吧。"李海臣笑着举起自己的右手说。只见那珍珠印和黑珍珠额头的珍珠印一样,此时在阳光照射下,交相辉映,瑰丽无比。

黑珍珠撇了撇嘴说:"砍你的手?我可做不出来。我们海豚从不会伤害人,不像你们人类,天天捕鱼、杀鱼,还天天变着花样吃鱼,唉!"

李海臣笑了笑说:"我吃鱼也只吃小虫子鱼、吃大坏蛋鱼,从不吃好鱼。"

李海臣顿了顿,认真地说:"海里有很多善良的鱼儿,也有很多坏蛋鱼儿。我从来不会伤害好鱼儿的,你看小白鲨都和我成了好兄弟了。我出生时就在海上,所以我爸给我起了李海臣这名字。从小我就和鱼儿特别相处得来,有很多鱼儿朋友。我觉得自己本来是海里的鱼儿,错误地变做了人的模样,总有一天我会变回鱼儿回到大海的。现在,你也是我的好朋友了,你不仅是我朋友,还救了我两次,真不知该怎么报答你呀。"

"做鱼儿有什么好?整天担惊受怕的。"黑海豚说。

"自由自在呀。大海那么大,想去哪儿去哪儿。"李海臣羡慕地说。

黑珍珠没有再说话,浪花船载着李海臣,黑珍珠推着浪花船,两人游游停停,往东游了二十多分钟,来到彩云岛旁的无名荒岛。黑珍珠搀扶着李海臣登上小岛。她让李海臣坐在一块光洁的岩石上,自己到岛上找来树枝和蒿草,把长长的树枝折成整齐的短枝,把蒿草搓成几根草绳,将树枝前后左右贴在李海臣的小腿上,用草绳分段固定好,草绳两端打成渔人结,中间打成八字结。

李海臣看着整齐利索的"夹板",佩服地说:"都说海豚聪

遨海录

慧善良，乐于助人，真是不假，你第一次帮人打夹板就这么厉害！又舒服又漂亮，我都不舍得摘下来了。"

"你的花言巧语功夫也很厉害，好好休息吧，马屁精！"

黑珍珠说完，自己跑到一边默默地坐着，双手托腮，若有所思。

第六章

珍珠贝之戒

　　李海臣看她闷闷不乐，心事重重，也不好打扰她，自己闭目养神，虽然有些干渴饥饿，但也只好忍着。

　　渐渐日暮，野云四合。似乎天地间的重云，都压向这座小岛。

　　黑珍珠不知从何处采到一些野瓜果，洗了递给李海臣。在李海臣吃的时候，她郑重地对李海臣说："李海臣，我要告诉你一件事。"

　　李海臣停下了吃果子，笑着问："什么事？这么严肃。这儿可不是彩云岛啊，不会又赶我走吧？"

　　黑珍珠迟疑片刻，说："跟彩云岛有关。你登上彩云岛就违犯了海洋女神的法令，按法令，你要么丢性命，要么不能离开彩云海。"

　　李海臣问："这儿还在彩云海禁区吗？"

　　黑珍珠："当然是啊，这儿是彩云岛的子岛……"

海骑士

李海臣看着整齐利索的夹板，佩服地说："都说海豚聪慧善良，乐于助人，真是不假，你第一次帮人打夹板就这么厉害！又舒服又漂亮，我都不舍得摘下来了。"

李海臣打断了黑珍珠的话:"什么破规矩,为什么要我性命?你们对鱼儿那么好,怎么不能对我也好一些呢?"

黑珍珠正要回答,这时白珍珠忽然出现在岸边,说:"二妹,还是我跟他说吧。"

白珍珠问李海臣:"李海臣,你知道这岛叫什么名字吗?"

李海臣摇摇头。

白珍珠说:"这岛叫珍珠贝之戒,是海洋女神亲自起的名字。"

李海臣惊讶地问:"这岛也和七彩珍珠贝有关?"

遨海录

白珍珠点点头说:"海洋女神让我们守护彩云海和彩云岛。彩云岛上有七彩珍珠贝,七彩珍珠贝有非常神奇的功能,包括能让你听懂我们海豚的话。但如果有人上到彩云岛去,就会威胁到七彩珍珠贝的生存,珍珠贝不仅可能被盗采,而且可能会受到污染而停止生长。由于七彩珍珠贝世上仅剩十余个,如果灭绝,将给海洋造成不可挽回的损失,因此海洋女神严令任何人都不得踏上彩云岛。如果有人上去,此人将被终生监禁在珍珠贝之戒。我们姐妹七人也将受到惩处,当日值班的姐妹,将被,将被……"

说到此处,白珍珠看了一眼黑珍珠,继续说:"将被罚永远看守那闯岛之人,就在这珍珠贝之戒!如果闯岛之人反抗,将被海洋女神变为巨型章鱼,守卫彩云岛,就像现在的章鱼八哥。如果当值的姐妹不愿意看守那人,也可将那人处死。"

白珍珠停顿了一下,说:"我现在来,正是奉了海洋女神的命令,看二妹如何决断。"

李海臣和黑珍珠都不做声。

白珍珠催促说:"天黑之前,我要回到星辰岛向海洋女神复命。"

李海臣当然不想被变为一只章鱼,但他不知道黑珍珠心里是怎么想的。他看了一眼黑珍珠,咳了咳嗓子,大胆说道:"这事确实是我鲁莽闯的祸。我恳请留在这岛上,恳请黑珍珠仙子屈尊留下来看守我,要是黑珍珠仙子不愿意,就把我处死吧。总之,我可不愿变成第二只章鱼八哥。"

白珍珠望着黑珍珠说:"二妹,你是怎么想的?"

黑珍珠说:"我虽然不喜欢他的任性妄为,但不能就这样看着他丢了小命吧?毕竟他救过我。"

"这么说,你是要留下来看守他了?"

黑珍珠没有做声,李海臣感激地看了看黑珍珠。

白珍珠看了一眼黑珍珠,叹了口气:"好吧,我去对海洋女神说,就说你甘愿在此看守他。你们保重吧!"白海豚说完便跃入水中,只见一道波纹划向远处,消失在暮色中。

就这样,李海臣和黑珍珠一起在珍珠贝之戒岛上生活,日复一日。半年以后,两人互相欣慕对方,觉得情投意合,于是结为了夫妻。在李海臣被困孤岛一年多以后,即他二十八岁那年,黑珍珠给海臣生了一个男孩,取名李奉珠。

在李奉珠一岁那年,黑珍珠在海边遭遇三头白鲨袭击,不幸身亡。当时,黑珍珠因为生了李奉珠,已经没有多少神力了,她抵挡不了白鲨们的袭击。遭袭时,李海臣在岛上别处砍柴,黑珍珠独自带着儿子李奉珠在海边玩耍。黑珍珠在危难之际,将李奉珠抛到了岸上的草丛中,李奉珠摔晕了过去,但并没有受伤。黑珍珠死后，化成一块黑色的冰玉，沉浸在珍珠贝之戒的海水中。

白珍珠等六姐妹来到珍珠贝之戒，他们手抚冰玉，痛哭一场。她们将黑珍珠的黑色冰玉托上海面，冰玉顿时化成漫天的水花，像生命再次盛开，芳香浓郁，只在瞬间。

海豚们轻轻唱起了她们七姐妹经常唱的远航歌。

"星星钻出了夜空，露出明亮的眼睛。
我爱你纯净的眼神，陪伴我一路同行。
我爱你纯净的眼神，陪伴我一路同行。

海浪踏着整齐的步伐，从此岸至万里的彼岸。
我爱你铿锵的脚步，从未停歇从未被阻断。
我爱你铿锵的脚步，从未停歇从未被阻断。

白云雄壮如握拳，又飘逸如飞扬的锦缎。
我爱你刚柔相济，隐藏惊雷与正义的闪电。
我爱你刚柔相济，隐藏惊雷与正义的闪电。"

海豚六姐妹临走时告诉李海臣，三头白鲨是多福的父母和姐姐，他们是为多福报仇来的。当初多福被章鱼八哥伤了尾巴，在回家的路上，被十多只虎鲨追踪袭击。多福在厮杀中不敌虎鲨群而被吃掉了。多福的父母和姐姐得知多福惨死后，发誓要给多福报仇。他们一路游到彩云岛，找章鱼八哥大战了一场，章鱼八哥斗不过白鲨们，被咬断了三只手，多亏白珍珠姐妹阻止了白鲨，救了章鱼八哥一命。谁知多福父母不甘心就这样罢手，他们迁罪于李海臣，寻仇至此。他们来的时候，李海臣正好不在，只遇到黑珍珠母子。愤怒之下，他们竟残忍地向黑珍珠发起了围攻。

后来，海洋女神宽恕了李海臣，准许他离开珍珠贝之戒。可李海臣却请求留在珍珠贝之戒，不愿离开。他想待在珍珠贝之戒，完成黑珍珠生前的心愿。他开始每天早晨驾着渔船，在彩云边界上巡游，帮助有危险的人和鱼儿，并提醒渔民们不要进入彩云海。夜晚，他会回到珍珠贝之戒休息。儿子李奉珠时刻相伴在他左右。

李海臣经常劝告试图闯进彩云海的渔民说："千万别进彩云海，更别上彩云岛。那是一个美丽的地方，所以我们更不应该去打扰她。"

再后来，李海臣被海洋女神封为了海骑士，从此永远守护着珍珠贝之戒。

李海臣的儿子李奉珠，水性十分了得，能像海豚一样在海里自由游水。他生性善良，乐于助人，经常跟着父亲，驾着渔船在风浪里穿梭。他十六岁时，就被海洋女神封为了海骑士，受命守护彩云岛，海洋女神夸他"勇敢善良，是海洋的好儿郎"。

海族语

第一章
海族语传说

海族语

珊瑚王国的王子铁铛今年十三岁，妹妹铁铃比他小三岁。铁铃活泼伶俐，铁铛聪明勇敢。国王和王后看着两个孩子茁壮成长，自然满心满眼的幸福感。要说有什么美中不足，那就是铁铛的说话问题，铁铛到现在仍然说话不太利索，有些磕磕巴巴的。

铁铃听爸爸说，铁家的人有海族语的天赋，这种天赋在二百多年前的先祖铁锋身上就有了。什么是海族语呢？就是海里动物的语言。说话磕巴的哥哥铁铛，可能是遗传了海族语天赋呢。爷爷铁钩会海族语，可以和鱼儿们说话。爸爸不会海族语，但叔叔铁锤会海族语，可惜叔叔已经出门远游多年了。看来哥哥现在说话磕巴，极有可能和爷爷、叔叔一样，将来是会说海族语的。因为爷爷和叔叔当初也是有点磕巴，到最后却学会了海族语。自己说话这么利索有什么用？也就和平常人一样，没什么稀奇的。

现在,在大脚爷爷的指点下,哥哥可以和海龟小沙说话了,虽然只是简单的对话。比如哥哥会问小沙:"小沙,那鱼儿怎么说?"小沙就会吱吱呀呀地对哥哥说一些话,哥哥就会点点头说:"原来这样啊。"

每次看到他俩你一句我一句的样子,铁铃都眼馋得不得了:"唉,我插不上嘴啊!"

她求哥哥教自己怎么和小沙说话,哥哥总是摇摇头说:"你,你没这个天赋,教,教不会的。"

爸爸也笑着说:"铁铃,海族语不是人人都能学会的,否则你爷爷就教我啦。"

遨海录

爸爸还说,现在哥哥只是能和小沙说话,也就小沙能懂他的意思,还不算会海族语,顶多就是海龟语。真要是学会了海族语,可以跟几乎所有海族动物——大到鲨鱼、小到螃蟹——随意交谈了。

爸爸还说,原来王宫中有一本写在棕榈叶上的书,叫《棕榈书》,是先祖铁锋偶然从海里打捞到的。《棕榈书》里面记载了很多奇妙的本领,比如飞行术、驭鲨术、梦境雕刻术、海族语等。其中的海族语,就是教有海族语天赋的人学说海洋动物语言的。可惜的是,《棕榈书》上面的符号和图形,既简陋又古怪,没有人能看得懂。现在,《棕榈书》也不知放在哪儿了。

大脚爷爷也会海族语,他教给哥哥怎么和小沙说话,但只是很简单的对话,更多的就没有教了。因为海洋女神李沫蕾曾经明确要求过大脚爷爷,海族语只能传授给未来的珊瑚海的守护神,不能传授给别人。

大脚爷爷告诉铁铛,在学好海族语之前,最好先别学太多人类的话语,所以铁铛现在海族语没有学好,人类话语也没有说好。爸爸妈妈虽然对铁铛学说话的事很着急,但也没有办法,只能顺其自然了。他们盼望铁铛和他们的那些鱼朋虾友在一起待的时间长了,海族语慢慢就能学好了。

海族语

第二章
铁铃中剧毒

遨海录

这天,铁铃和铁铛驾驶一艘小艇,到翡翠岛东边的住美岛游玩。住美岛附近的海里珊瑚丛生,景色奇特,他们兄妹俩常来这里潜水玩。

铁铛驾驶小艇准备在岛的西侧靠岸,铁铃突发奇想,想去很少有人去的岛东侧去看看。铁铃对哥哥说:"哥,你猜那儿的珊瑚是胆小的多,还是胆大的多?看到咱们去,会不会通通吓得变成了红色?"

铁铛笑着说:"这、这还用说?听说你要去,他们就已经吓破胆了,变成了胆汁色。"虽然这么说,他仍然转过小艇,朝岛的东侧驶去。

住美岛东侧是奇石嶙峋的礁石丛,石头仿佛一朵朵彩云从空中飘落水中,珊瑚们就在这些彩石的身上长着,享受着充裕的阳光,十分鲜艳美丽。兄妹俩停好船,铁铃做完准备活动,随后摸着礁石潜入了水中。看到美丽的珊瑚丛争奇斗艳,赏心悦目，铁铃忍不住浮出水面，对坐在礁石上等候的铁铛手舞足蹈地说："快来看啊，这里的珊瑚太好看了！你以前肯定没有见过。"铁铛不为所动地微微一笑，摇了摇头。

铁铃也不泄气，说："快拿我的照相机来，一会儿我拍的照片，可都是独家的。万一我发现了新的珊瑚品种，那是一定要以我的名字命名的！"

铁铛打开背包，把潜水专用照相机递给铁铃。铁铃拿好照相机，重新戴好潜水面具，转身又潜入水中，继续她的独家珊瑚发现之旅。

海面下是一片珊瑚的世界，宛如一片生机勃勃的热带雨林。小鱼儿们就像蝴蝶一般在鲜艳的珊瑚丛驻足流连。一只拳击蟹挥舞着两只粉拳在珊瑚间忙碌地觅食。看到铁铃游近，拳击蟹后退了半步，举起一只粉拳，在铁铃面前挥舞示威。

铁铃心里想："哈哈，很有斗志啊，不知你是什么级别的拳击手呀？"她举起相机，老实不客气地拍了拳击蟹的全身写真。

拳击蟹看到铁铃举起个奇怪的家伙对着自己比画，心里想："这是什么怪物？我只能凭我的灵活和勇敢吓唬她了！"于是他更加奋勇地挥舞着拳头，还干净利索地割断了一根水草。

"得啦，你的相片已经够出专辑了。我再去找找别的模特。"铁铃和拳击蟹玩了半天，摆摆手，告别拳击蟹，继续往前游去。

游了有十来米，她看到一个彩色的珊瑚礁，鲜艳夺目，像一朵巨大的红色百合花，中间有黄色的花蕊。"好奇怪的珊瑚礁，怎么像一朵花？"铁铃又凑近了些去瞧，这才发现那黄色的花蕊其实是一只彩色水母，只不过她的黄色更多些。这彩色水母似乎被珊瑚礁粘住了，一动不动地贴在上面，就像蝴蝶被蜘蛛网粘住了一般。

"怎么回事？她是不是被粘住啦？"铁铃想。她不假思索地游上前去帮助小水母。铁铃伸出右手轻轻捏起小水母的纱衣，想把她从珊瑚礁上拿开好让她游走。突然，红色的珊瑚礁猛一弹，伸出一只手腕，缠住了铁铃的右手！

铁铃这才惊觉，原来吸住彩色水母的红色百合花不是珊瑚礁，竟是一只大乌贼！铁铃曾经听爸爸说过，被乌贼缠住了非丢命不可。她想起潜水面具上有防身的电击棒，左手赶紧按下面具的电击棒开关，电击棒就像矿工安全帽上的矿灯一样固定在面具上，她侧头对着乌贼，乌贼被电击棒的电流束击中，疼痛难当，松开了铁铃的右手，喷出一阵黑色浓雾逃走了。

遨海录

铁铃赶紧游离了这团黑色浓雾。过了一会儿，黑色浓雾消散，铁铃发现那乌贼早跑得无影无踪了，连那只彩色小水母也不见了。铁铃松了一口气，心里想："好险，这家伙都能被我遇上，幸亏我临危不乱！"她捡起跌落的潜水照相机往回游，心里还扑通扑通地猛跳着。"一会儿可得好好把这事跟哥哥说说。"她想着刚才的惊险遭遇，心里的惊慌还没有消退，却又有了一丝得意，她不禁自言自语道："这就叫'铁铃勇救小水母，打败乌贼大怪兽！'"

游着游着，铁铃感觉右手食指有些刺痛。低头一看，右手手套的食指处已经破了，手指头发青发肿，似乎被蜜蜂蜇了一般，胀痛得厉害。她心想："刚才被什么咬了？是那个章鱼吗？没看见他下嘴啊。"她觉得头有些发晕，赶紧向岸边游去。等到铁铃竭尽全力游出水面时，已经有些支持不住了，她连忙举起左手向哥哥求救。

铁铛看见铁铃的求救手势，赶紧去拉妹妹，谁知铁铃身子一软，竟然往水里沉去。铁铛赶紧双手使劲，扣紧铁铃的手腕，把铁铃拽上礁石。看到铁铃已经昏迷，铁铛吓坏了，背起铁铃便爬上了岸。铁铛把铁铃放入小艇中，往最近的仙玉医院飞速驶去。

快艇到达仙玉海滩后，铁铛背着铁铃沿着海滩往医院跑去。他希望能遇到行人，能帮他一起抬着铁铃。好不容易看到一对年轻夫妻，铁铛赶紧向这对夫妻求助，好心的夫妻俩连忙帮铁铛一起把铁铃送到了仙玉医院。

医院紧急组织医疗专家救治铁铃，并将铁铃受伤的消息报告了国王夫妇。国王夫妇火速赶到了仙玉医院，铁铛看到爸爸妈妈，心里的不安才稍微好了点。

"铛儿，你妹妹怎么了？怎么回事呀？"王后着急地问。

"我、我们去住美岛，铁铃要去东、东边……海底拍照，我在岸上等她，上来、上来就中毒昏迷了。"铁铛跟妈妈说了妹妹中毒的经过。

医生们正在紧急抢救。经过救治，铁铃脱离了生命危险，但她仍然没有苏醒。医生通过初步化验铁铃的血液，结合铁铛的讲述，初步诊断铁铃是中毒了。看铁铃的伤口和症状，她很有可能是遭到一种罕见的巨型乌贼的袭击。铁铛曾听大脚爷爷说过，有的乌贼会变色，善于伪装。他们经常伪装成环境的一部分，等猎物接近时突然伸出长长的腕足缠住猎物。如果敌人厉害，他们腕足末端的吸盘会喷射出毒汁攻击敌人。无论多厉害的猎物，只要成为他们的目标，基本就是囊中之物了。他们是海洋中令人胆寒的捕猎者。

第三章
寻找通心果

医院院长亲自带着医生来病房查看铁铃的病情。看见国王来了,院长向国王详细汇报了铁铃的病情和诊疗方案。

"我们检查发现,铁铃公主右手食指处的伤口感染了毒液。经过检测,确定毒液是一种罕见的巨型乌贼喷射的,目前,只有通心果才能有效去除公主身体里的这种乌贼毒素,不致留下后遗症。"院长对国王说。

国王点点头,等着院长往下说。

院长接着说:"但是结出通心果的通心草不能人工栽培,野生的又可遇而不可求。茫茫大海,想找到通心果,无异于大海捞针。这是目前比较棘手的问题。"

国王叹息一声,说:"知道了。"

院长又补充说:"铁铃公主目前并没有生命危险,她只是昏迷了。但如果昏迷时间过长,我们担心她的脑力会受损。因此当务之急,是尽快找到通心果。"

国王勉励了院长等医务人员,让院长看别的病人去,不用一直陪在铁铃病房,院长恭敬地退了出去。国王和院长说话时,王后也过来了。听了院长的话,王后知道铁铃没有生命危险,但一时半会儿也没法救醒。她很担心女儿醒来后会不会有什么后遗症,比如脑力受损什么的。这么活泼可爱的女儿,哪怕损伤一分一毫都会让王后难受万分。王后回想起铁铃调皮可爱的往事,心如刀割。她拉着铁铃和铁铛的手念叨着:"你们俩可一定都要平平安安啊。"

铁铛心里很自责,觉得没有照看好妹妹。他问国王:"爸爸,妹妹会完全好的吧?"

国王摇摇头说:"还不知道啊,只有找到通心果才行。"

铁铛问:"通心果?哪……哪儿有卖的?咱们赶快去买啊。"

国王回答道:"通心果是通心草的果实,极为罕见,听说只有海洋中长有。咱们珊瑚王国已经很久都没有人见过通心果了,不知大脚爷爷见过没有,唉。"

"那、那我这就去找大脚爷爷,请、请大脚爷爷帮忙。"铁铛急忙就要去找大脚爷爷。

"我已经派人去请大脚爷爷了。大脚爷爷出门了,海龟小沙说他明天才回来。"国王说。

第二天中午,大脚爷爷来到仙玉医院。国王走出病房,亲自把大脚爷爷请进铁铃的病房。

大脚爷爷仔细查看了铁铃的伤势,又听国王介绍了铁铃的病情,他说道:"我先用伏龙膏镇住乌贼毒素,不让毒素侵害铁铃心脏,但这不是长久之计,咱们得尽快找到通心果才行。"

在医生的协助下,大脚爷爷给铁铃右手伤口敷上了伏龙膏。国王和大脚爷爷走出病房,留下王后、铁铛和小沙在病房看着铁铃。国王把大脚爷爷请到一旁的会议室,询问道:"您有什么办法能找到通心果吗?有人说通心草已经绝迹了。"

大脚爷爷说:"我想到几个可能有通心草的地方,已经把这些地方画在地图上了。如果这些地方都找不到,也许通心草就真的绝迹了。"

国王接过地图,一看图上的四个地点,疑惑地问道:"没有星辰岛啊?听说海洋女神所在的星辰岛,奇花异草很多,那儿难道没有吗?"

遨海录

大脚爷爷摇摇头说:"听海洋女神说,星辰岛从来就没有通心草,她曾经亲自试种过,最后也没有种成功。"

国王说:"海洋女神有没有说哪儿可能有通心草呢?"

大脚爷爷说:"我画出的这四个地点,就是得到了海洋女神的提示的。"

国王点点头说:"那我这就给海警局下令,让他们派最好的潜水员分头去这几个地方寻找。"

大脚爷爷摇摇头说:"不可以。最好让铁铛和小沙一起去。"

国王诧异地问:"为什么?铛儿才那么大点,他能行吗?"

大脚爷爷说:"陛下您有所不知。通心草非常喜欢洁净,一点的汽油或柴油味都会让它迅速枯萎。现在海上来往的各种船只太多了,排放的油污到处都是,已经很难找到适合通心草生产的海域了。所以咱们只能派水性好的人游去海底寻找。而论起水性,咱们珊瑚王国除了我,恐怕没有比铁铛更好的了。"

128

国王为难地说:"可是铛儿才十三岁,我怕王后不同意啊。"

大脚爷爷说:"本来我应该去寻找通心果的,不过海洋女神召我明天去星辰岛,实在不能推辞不去。"

国王连忙摆手,说:"不,不,我哪儿能让您去呢?您还有那么多的事情要忙,又这么大年纪了,不能让您去冒险了。要不就按您说的,让铛儿和小沙一起去吧。"

大脚爷爷说:"好,我去星辰岛后,会向海洋女神请教用通心果解乌贼毒素的方法。这样等铁铛和小沙找到通心果后,咱们就能马上给铁铃解毒了。"

国王说:"小沙呢?他有水云巨翅,游水也很厉害,他一个人去不行吗?"

大脚爷爷说:"铁铛和小沙必须一起去,他俩缺一不可。小沙会认路,还可以背着铁铛飞行。而铁铛头脑灵活,遇到问题能想办法。他俩是好兄弟,配合默契,取长补短,应该能应付所有困难。"

大脚爷爷又劝慰国王:"我知道您担心铁铛遇到危险,但是您要知道,铁铛已经这么大了,跟我学了这么多年的本领,也应该到海中经受一些历练啦。多经历一些挑战,他会成长得更快的。"

国王点点头,说:"您说得很对!我和王后商量一下吧。铃儿已经受伤了,现在又派铛儿去,我怕王后担心,毕竟铁铛还是个孩子。"

国王到病房把王后请到外面的会议室,说了大脚爷爷的建议。王后听了国王的话,眼泪儿都快下来了,说:"这么大个国家，这么多人，就偏偏要铛儿去吗？他才十三岁啊。"

国王说："我们的先祖铁铿，十二岁就跟随家人漂洋过海来到翡翠岛，那时他就敢拿起铁盆对抗巨鳄来保护妹妹，我们铁家的人……"

王后生气地说："一说起你们铁家的人，你就有说不完的光荣历史！海里有多危险，你又不是不知道。到处暗流汹涌，还有数不清的大鱼猛兽，数不清的洞窟峡谷，遍布吃人的毒草毒藤。"

正在这时，铁铛和海龟小沙走了进来，铁铛有些磕巴地对国王说："爸爸，让、让我去吧！我和小沙一起去，一定、一定能找到通心果！"他一激动，说话就更磕巴了。

国王说："铛儿，你真的不怕么？在海里，有很多看不见的深渊，有很多像巨型乌贼一样的怪兽，还有很多难以想象的危险。"

铁铛急忙回答："不、不怕，救……救、救妹妹什么也不怕！"

国王拍拍铁铛的肩膀。王后什么也没有说，拉过儿子，抱了抱他。她背对着国王，生怕眼里流出泪来，让丈夫看见了不高兴。

等铁铛和小沙出发后，国王对王后说："咱们的儿子多么棒啊。他一定能找到通心果平安回来的。珊瑚王国的接班人，一定要游遍珊瑚海！"

大脚爷爷给铁铛的地图上，有四个标着记号的点，分别是绿带峰、炉石窟、白翎岛和百花宫，它们分布在翡翠岛四周的海洋中。

铁铛坐在小沙背上,游往地图上的第一个地点——绿带峰。绿带峰位于翡翠岛东南方的海中,远远看去像一把利剑,从海底刺破海面,直耸入云。传说绿带峰是一位仙女化成,它的海底长满了像长发一样的绿带草。绿带峰海域水温适宜,通心草可能生长在此。

铁铛和小沙在绿带峰海中找了一天。小沙向附近的鱼儿们打听,有没有看见过一种果实长得像海胆一样的草,叫通心草。鱼儿们都摇头说不知道。铁铛和小沙还遇见了一个长得像小黑球般的小海虱。小海虱听小沙说铁铛为救妹妹冒着生命危险来海里寻找通心草,很是感动,非要跟着铁铛、小沙一起去寻找通心草。铁铛给小海虱起了个名字叫小黑球,他心想:"要是铁铃在这儿就好了,她最喜欢看各种稀奇的动物了,看到小黑球,一定很喜欢。"他让小黑球爬在自己的肩膀上,他骑在小沙背上,三个伙伴儿一起去寻找通心草。

在绿带峰海中没有发现通心草的影子,三人游往地图上的第二个地点,炉石窟。炉石窟在翡翠岛西北方的海中,是个休眠的海底火山口。这儿多产奇花异草,通心草也很有可能生长在这里。炉石窟就像一个巨大的扁平酒瓶。从瓶身到瓶口,颜色自灰色变为赭红色。不断有大片气泡从炉石窟冒出,似乎随时都可能喷出火焰。这儿的水温比珊瑚海的平均水温高十来度,一般鱼儿根本受不了。铁铛看见小黑球已经被烫得皮肤黑里泛红了,他让小沙带着小黑球离炉石窟远点。炉石窟附近果然长着很多鲜艳的花草:有叶子卷成喇叭形的海白菜;有白色的海藻,像一条条云絮一样;也有如火焰一般的裙带菜;还有红色的马尾藻，叶子轻轻一碰，就像气化了一般化成了灰烬；还有一种厚厚的红藻，像牛皮糖一样坚韧有弹性。

三个伙伴在炉石窟附近前前后后找了六个小时，每个角落都没有放过，可还是没有发现通心草的踪迹。他们向附近的鱼儿打听通心草。他们问过大如箩筐的龙虾，还有大如车斗的砗磲。不过，这些家伙一个个都懒洋洋的，对于小沙的询问爱理不理的，实在不耐烦了，就"咕咚"一下吐个泡泡说："没见过！"小沙想："这些家伙也许是被这儿的热水给热晕了。身体是热的，心肠却不热。"

他们在炉石窟找了整整一天，还是一无所获。因为海水炽热，即便在海底，他们都出了不少汗，几乎热得虚脱了。一天后，他们离开炉石窟，游向地图上的第三个地点——白翎岛。

白翎岛是一个鸟岛，在翡翠岛东北海域。岛上鸟粪堆积，鸟羽遍地，很多种类的鸟儿栖息岛上，其中白鹭数量最多，还有海鸥、海雀和小军舰鸟。到白翎岛后，三人在海里仔细搜寻。小沙向鲨鱼、带鱼、金枪鱼和鳗鱼打招呼，请教他们是否见过果实像海胆一样的通心草。鱼儿们都说没有见过。铁铛心里想："要是我能和小沙一样，跟鱼儿交谈就好了，那样就方便多了。我还要教妹妹说海族语，再也不用她央求我，我立马就告诉她，只要她能醒来。"

在白翎岛，铁铛和小沙遇到一个热心的海星妹妹，她说见过通心草。小沙和铁铛别提有多高兴了，赶紧请海星妹妹引路去找通心草。在海星妹妹的指引下，他们游到一座礁岩旁。铁铛看见，在礁岩上爬着几棵长长的绿藤，绿藤上果然趴着五六个海胆一样的果子，像睡着了一般。

海星妹妹游上前去踢了踢果子,说:"瞧,这些球球是通心果吧?"

谁知那个"通心果"当真被踢了下来,竟然还会开口说话:"踢我干嘛啊,这个藤可是我先占的!"原来这些球球不是通心果,而是真的海胆。

粗心的海星妹妹连连道歉说:"对不起,对不起,您继续睡啊。"她把被踢下来的海胆又抱到了藤上。

海星妹妹不好意思地对小沙说:"对不起,对不起,我搞错了,耽误你们时间啦。"

小沙把海星的话转告了铁铠,铁铠打心眼儿里感谢了海星妹妹,他觉得这粗心的海星妹妹特像铁铃,虽然粗心大意,但待人热心无比。

铁铠一行在白翎岛找寻了一天,还是没有找到通心草。他们于是赶往第四个地点,也是最后一个地点——百花宫。百花宫是一处海底珊瑚石宫,位于翡翠岛东边的海中,是翡翠山脉东南方向的余脉所在。百花宫里,生活着数十万只彩色水母。百花宫的主人是百花水母,海底的动物们都称她为百花女王。

铁铠和小黑球坐在小沙背上,游到地图标示的地点附近。这儿是一个大海沟,奇石星布,珊瑚云集。可是景色虽然美好,铁铠一点欣赏的心情都没有。他和小沙、小黑球四处寻找,没有看见半点百花宫的影子。

小沙发现有个大个儿玳瑁龟在四处觅食,就上前打听道:"请问百花宫在什么地方?"

玳瑁龟对小沙说:"不知道,我也才刚来呢。我听人说这儿有很多水母,想来抓水母吃。"

小沙说:"据说这儿的水母都有毒,你还敢吃啊?还有剧毒的乌贼,你怕不怕?"

玳瑁龟听了赶紧游走了。

小沙又看到一只黑海豚,便上前问她知不知道百花宫在哪儿。黑海豚摇头说不知道,还问小沙有没有见一只粉海豚,原来黑海豚正在寻找妹妹粉海豚呢。小沙摇摇头,表示没见过粉海豚,他心想:"茫茫大海,每天不知有多少鱼儿都在寻找失散的亲人?"

小沙又看见一只褐色的小电鳐,于是游上前问小电鳐。小电鳐不肯说,却要小沙给他唱首歌,小沙摇摇头说:"对不起,不会呀。"电鳐说:"那我就不告诉你。"小沙眼睛一亮,说:"这么说你知道百花宫在哪儿?"电鳐说:"知道,知道。"小沙没办法,只好把妈妈曾经哼过的歌儿唱给小电鳐听。他唱道:

"春花烂漫如朝霞,朝霞烂漫如春花。
绵沙柔软如水波,水波柔软如绵沙。
乖宝儿快快跑,贼鸥鸟要把咱吃掉,
乖宝儿快快跑,快跑进妈妈的怀抱。"

电鳐说:"挺美的歌儿,谢啦,谢啦!"

小沙说:"喂,小电鳐,那你快告诉我百花宫在哪儿吧。"

电鳐指着不远处的巨大石壁说:"百花宫就在这百花门里,就在这百花门里!"小沙看见,那百花门是一面长满艳丽珊瑚的巨大石壁,像开满鲜花的花墙。原来这就是百花宫的大门,要不是小电鳐指点,谁会想到这就是百花门?

第四章
勇闯百花宫

海旅语

小沙朝百花门游过去，想要推开那百花门。

小电鳐在身后大喊："小心，别过去！你会触电的！"

小沙停了下来，问："是吗？这门带电啊？"

小电鳐说："是啊，我试了好几次，每次还没有触到门，就有一股电流把我推开了！"

小沙问："怎么才能进到百花宫里去呢？"

小电鳐摇头："我也不知道，我也想进百花宫啊。"

小沙又问："那些水母难道不从这大门进出吗？"

"他们当然进出啦。不过我看他们每次进出时，百花门的两扇石门都会自动分开，花花绿绿一片水母就涌进去了。等我想跟着她们进去时，电流就把我推开了，只能眼睁睁看着门合上。"

小沙又问道："那你找他们什么事啊？"

小电鳐回答说："我想求百花女王给我一些通心果。"

小沙眼睛一亮说:"我也是来找通心果的。百花宫真有通心果吗?"

小电鳐说:"我也是听别人说的,百花女王肯定有通心果。"

小沙问:"兄弟,你找通心果干什么用?"

小电鳐说:"我哥哥受伤昏迷了,听说通心果能救醒哥哥。珊瑚海里只有百花宫里有通心果,我就找到这儿来了。你呢?你要通心果干嘛?"

小沙告诉小电鳐自己找通心果是用来救好朋友铁铃的,铁铃被乌贼怪兽毒晕了。

小电鳐高兴地说:"太好了,咱们可以一起去求百花女王了。"

小沙游到铁铠和小黑球身旁,把小电鳐说的情况跟铁铠说了。铁铠对小沙说:"咱们就在这儿等着吧,看见有水母进出,咱们就直接上去跟他们说我们想求见百花女王!"

小沙、小黑球和小电鳐开始聊天,几个动物越聊越热闹。过了不一会儿,他们已经成了好朋友了,似乎他们就是专门来参加交友派对的一样。铁铠不懂他们的话,插不上嘴,不过,他从小沙口中知道了电鳐的名字叫阿团,来自电光岛电鳐王国。

"快看!"就在这时,阿团指着不远处的百花门说。

百花门上的珊瑚突然像被风吹起一般,向两边移开,一只黄色小水母从打开的百花门中游了出来。她其实是一只七彩水母,只不过身上的黄色多一些,看起来便像一只黄色水母。她的身后,一团黑色的大石块,跟随着漂游了出来。

"那是蕊仙子,百花水母的女儿,我听别的水母这么喊她的。"阿团小声对小沙说。

"我问问她,能不能让我们进百花宫去。"

小沙说着便朝黄色小水母游了过去。

"请问,你是蕊仙子吗?"小沙问小水母。

看到是喜欢吃水母的大海龟,小水母吓了一跳,连忙往后退了两步,她眨着眼睛说:"怎么啦?我不一定是。"

小沙笑了,说道:"是就是,不是就不是,什么叫不一定是?"

小水母看小沙挺温和的,不像要吃自己的样子,胆子便大了起来,说:"本来我是的;可你要是想吃我,我自然就不是了。"

小沙微笑着说:"我只吃虫子,怎么会吃美丽的蕊仙子呢?"

小水母更放心了,笑着说:"我可不认识你啊,你找我什么事啊?"

看来这小水母真的就是百花女王的女儿蕊仙子了。

小沙问:"我们有重要的事想求见百花女王,你能带我们进百花宫吗?"

这时,蕊仙子身后那一大块黑色大石头突然落在海底,变成褐色的大乌贼。只听那乌贼开口问道:"什么事?你们是谁?"

小沙问:"我是小沙,那几位是我的朋友。你是谁?"

大乌贼说:"你就是小沙?嘿嘿,我叫神龙。"

小沙说:"哦,我知道了!原来你就是那个乌贼!三天前在住美岛毒伤了我的朋友铁铃,是不是你?"

神龙乌贼:"不知道谁是铁铃,我最近没有和海龟打架。"

小沙说:"铁铃不是海龟,是人,一个小女孩。"

神龙乌贼想了想,说:"嗯……那倒是有的。"

小沙质问他:"你为什么平白无故伤人?"

神龙乌贼说:"平白无故?她当时要来捉蕊仙子!"

小沙说:"铁铃绝不会去捉蕊仙子;就算捉,也绝不会伤害她。"

神龙乌贼哼了一声,说:"你凭什么这么说?"

小沙说:"蕊仙子这么美丽可爱,铁铃怎么会伤害她?就算世界上最最恶毒的怪兽,都不忍心伤害蕊仙子。更何况是铁铃呢?在我认识的女孩儿里,铁铃最善良了。她连珊瑚都不会去踩,每次在海里游,都是小心翼翼踩在沙子上。你说她会伤害蕊仙子吗?"

遨海录

蕊仙子听到小沙不住地夸赞自己美丽可爱,自然大为赞同,不住地点头说:"是啊,我当时就觉得那女孩儿是要和我玩儿,你却偏偏那么莽撞,突然袭击人家。"她最后那句是对神龙乌贼说的。

神龙乌贼哼了一声,心里说:"我当时可是为了怕你出意外,你怎么帮敌人说起话来了?"

他对小沙说:"你说的那个叫铁铃的小姑娘,当时用电棍击我,我差点没晕过去,只好咬了她一口,带着蕊仙子逃跑了。"

小沙明白了当时的大致过程:铁铃去和蕊仙子玩耍,谁知神龙乌贼突然袭击了她;铁铃用电棍还击神龙乌贼,神龙乌贼趁乱咬伤了铁铃的手指,喷射毒液后逃走了。最后神龙乌贼和蕊仙子没有什么损伤，铁铃却躺在病床上不省人事。

小沙对神龙乌贼说："铁铃中了你的剧毒，现在还昏迷不醒，需要通心果解毒。我们听说百花宫有通心草，通心草结有通心果，所以请求百花女王赐给我们一些通心果。"

神龙乌贼说："我们没有通心草，更没有通心果！"

小沙说："那你带我们去见百花女王，我们对女王说明事情经过。说不定女王知道通心果，只是没有跟你们说呢！"

神龙乌贼心里想："百花女王原本要奖赏我保护蕊仙子有功，你却要告诉她事情的经过，百花女王如果知道了真相，肯定会责怪我鲁莽伤人的，我可不能让你去见百花女王！"

想到这儿，他对小沙说："你以为百花女王谁想见就能见吗？"

小沙也生气了，斥责道："你无缘无故毒伤了铁铃，难道不应该弥补吗？铁铃现在昏迷不醒，都是你造成的！你必须为此事负责！"

神龙乌贼说："除了百花女王，没有谁可以对我说'必须'！你想命令我？没门儿！都说你有多厉害，我偏不信！"

小沙说："嘿嘿，这就让你相信！"说时迟那时快，没等神龙乌贼反应过来，小沙猛冲过去，咬住了蕊仙子，同时，两只手爪抱住蕊仙子不放。他的力道控制得很好，蕊仙子虽被他咬住抱紧，但并没有受伤。

神龙乌贼根本没将小沙放在眼里，因此很沉得住气，他问小沙："你想怎么样？"

小沙说："我不想怎么样，只是向你证明，我想抓住蕊仙子，易如反掌！只不过我不是不讲道理的人，不会胡作非为！"说着，小沙放开了蕊仙子。

神龙乌贼说:"你偷袭!算什么本事?"说着他朝小沙冲来,想要袭击小沙,来个以牙还牙。只见神龙乌贼伸出巨型手腕来缠绕小沙,小沙嘿嘿一笑,将头和四肢往壳里一缩,轻松摆脱了神龙乌贼的手腕。神龙乌贼突然用腕足的吸盘对准小沙的眼睛,喷射出一股毒液。

小沙赶紧屏住呼吸,心里想:"又喷射毒水,你果然坏水很多、毒辣得很啊!"

小沙气愤神龙乌贼的心肠毒辣,决心狠狠教训他一番。神龙乌贼的毒液刚一喷出,小沙突然伸展出隐藏的水云翅膀,挥左翅横扫神龙乌贼。神龙乌贼被巨翅劈头盖脸拍中,远远摔了出去,重重地撞在珊瑚礁上。神龙乌贼感觉浑身似乎断成了十七八节,他挣扎了几下,差点痛晕了过去。

遨海录

小沙这一下发威吓坏了蕊仙子。要知道,神龙乌贼是个巨型乌贼,和鲨鱼的体形差不多大,比小沙的块头大了差不多一倍,却被小沙的水云巨翅一下就拍晕了。

蕊仙子哆嗦着说:"你想干嘛?说得好好的怎么就打架了呢?这样可不好玩儿。"

小沙笑了,说:"的确不好玩儿。刚才要不是我机灵,说不定就被这家伙毒死啦。"

蕊仙子说:"啊!我知道了!你就是那个长翅膀的小沙吧?你的翅膀,能借我玩一下吗?"

小沙摇摇头说:"我的翅膀没法借你玩儿,翅膀长在我身上了,要借就得割下来,翅膀割下来我还有命吗?"

蕊仙子惊异地说:"我还以为翅膀是安装在你的壳上的,原来是长在身体上的啊。"

这时在远处观看的铁铛、小黑球和电鳐已经游过来了。

"怎么了？没事吧？"铁铛问。

"没事，狂妄自大的家伙，不教训不老实啊！铁铃就是被他毒伤的。"小沙指着远处躺着动弹不得的神龙乌贼说。

"哦，就是他伤的铁铃？"铁铛瞪了神龙乌贼一眼。

"是啊！"小沙把他分析得出的铁铃遭遇神龙乌贼和蕊仙子的经过说了一遍，虽然有些细节是他推测的，跟实际经过有出入，但大体还是对的。

"咱们进去找百花女王，告诉她神龙乌贼的恶行，女王肯定会严厉惩罚这家伙的！"小沙指着神龙乌贼气愤地说。

铁铛说："嗯！不过咱们进去后，首要的事，是请求百花女王赐予通心果救铁铃！"

小沙点点头说："好，咱们先要到通心果再说，收拾这家伙，我一只翅膀就足够了。"

"你们想干嘛？"蕊仙子看到突然来了这么多陌生动物，而且都不太友好，心里不免十分紧张。

"你带我们去见百花女王，我们想请求女王赐给我们通心果。"小沙说。

蕊仙子带着哭腔说："我们连通心草都没有，哪来的通心果啊。"

小沙说："不管怎么说，都请你带我们去见见百花女王。我相信女王知道了事情的前因后果，肯定会帮助我们的。"

小沙又看了看已经晕菜的神龙乌贼，说："只怕某些家伙担心女王知道真相会责罚他，不愿意让我们进去。"

神龙乌贼其实没有晕过去，只不过刚才小沙那一对翅膀拍得太厉害了,他感到浑身散了架一般,疼得说不出话来。这时他缓过来一些,听到了小沙的话,重重哼了一声说:"女王从不让我们带陌生人进去。带你们进去,百花女王不仅会怪罪我们,也会怪罪你们,说不定会杀了你们的。"

小沙说:"就算冒着会被杀死的责罚,我们也要进百花宫向百花女王说明真相,我们不能让女王受骗,哪怕再小的事情都不应该,你说对不对,蕊仙子?"

蕊仙子说:"既然你们不怕受责罚,那我就带你们进去吧。我妈妈的责罚,也不怎么重,顶多就是把你们关起来,让电流滋滋滋地流过你们的全身。"

小沙说:"太好了,我好久没有享受过电流浴了。记得上次在赤焰峰,电流穿透了我的身体,感觉就像躺在海水中晒太阳一样暖融融的,感觉美极了。"

蕊仙子见没吓唬住小沙,便笑着说:"不过妈妈如果知道我是为了救铁铃才带你们进百花宫的,说不定还会夸我呢。到时候,你们可别忘了也要替我说好话啊。"

小沙说:"那是自然。实话实说,你确实是在帮我们啊,不是么?蕊仙子你真是世界上顶顶善良、顶顶美丽、顶顶聪明的水母。"小沙把自己能想到的最丰富的夸人词汇全都献给了蕊仙子,这时候他只后悔自己为什么没有多学一些夸人的花样儿。

既然是蕊仙子要带领小沙这些人进百花宫,神龙乌贼也不敢反对。于是蕊仙子在前,小沙、铁铛、小黑球和电鳐阿团跟随在后,最后是神龙乌贼,大家排成一溜儿游向百花门。

蕊仙子带领众人游到百花门前,她朝着百花门上的珊瑚丛放出电流,珊瑚受到刺激,迅速退缩回去,其他的珊瑚也受到传染而迅速后退。百花门上的整面珊瑚丛就像是被一股强烈的水流从中间冲开而倾向两边,百花门受到珊瑚丛向两侧的牵引而缓缓打开。原来百花门是依靠水母的电流开启的,这么奇妙的设计,令铁铠和小沙惊叹不已。

百花门打开了,从百花宫里透出明亮的光。蕊仙子招招手:"跟我来,跟紧我,要不你们会迷路的。"众人紧跟蕊仙子进入百花宫。铁铠发现,从外面看,百花宫看似一座普通的石山,里面却是空旷宏大的宫殿。洞连洞,宫连宫,无数宝石镶在地面的石板里,透出温和的光。四周石壁上镶着花朵般的宝石,闪烁着明艳的光彩,照得宫殿晶莹璀璨。宫殿四处穿梭着成队的水母,他们红的一队,粉的一队,白的又一队,在宝石光芒的照射下,五彩缤纷的水母映射出彩色的光芒,比鲜花还明艳动人。她们有的打扫宫殿,有的巡逻保安,有的照顾花草,有的擦拭宝石,来来往往,各司其职,井然有序。小沙看得眼花缭乱,觉得百花宫比起铁铠家的宫殿可要明亮气派得多了。

蕊仙子带领铁铠一行游过前面的宫殿,穿过一座花园,朝花园后的宫殿游去。这是一个外形像石笋一样的宫殿,笋尖笔直向上,几乎要穿破海面。在宫殿门口,蕊仙子停了下来,说:"这里是微风阁,我妈妈就在这里。我进去跟妈妈说一声,你们在这儿等一下。"

铁铠、小沙、小黑球和阿团在洞口待着,神龙乌贼也在洞口待着,紧紧盯着铁铠他们,好像监视坏蛋一般。蕊仙子像一朵彩云般飘向微风阁,还没有进到洞里,就听到她夸张的撒娇声:"妈妈,我回来啦。"

第五章

唯一的种子

过不一会儿,蕊仙子又飘了出来,笑着说:"进来吧,我妈妈说见你们。"

蕊仙子带着众人游进微风阁。铁铛发现微风阁虽然是百花女王的居所,反而不如前面所见的宫殿辉煌,里面并不大,真的像是一个古老的阁楼,有一级级的石阶通往楼顶。当然水母是不用踩着石阶上去的,那这些石阶干什么用的呢?铁铛发现每个石阶上放着一个水晶瓶子,瓶身隐隐发光。

"这些瓶子是装饰用的?还是女王装名贵香水用的?"铁铛胡乱猜测着。

微风阁里主要的光源是四周的石壁和头顶的玉石穹顶。玉石表面有着云层一样的纹理,一阵阵发出闪电般的光线,光线沿着玉石纹理扩散延伸,就像是雷暴天最强烈的闪电不断发生在天空一样。

这时,百花女王出现了,她从高处的石座上飘下来,飘逸如仙子，她的身上缀满鲜花的纹饰，散发出花瓣的清香，裙衣像轻纱一样悠然飘扬。

"你就是小沙？大脚爷爷的徒弟？"百花女王问小沙。

"是的，女王。"小沙点点头。

"那这个男孩应该就是铁铛王子了？"百花女王指着铁铛问小沙。

"是呀，他是铁铛王子，我的好朋友。"小沙回答说。

"那这个小海虱和这个电鳐呢？也是你的朋友吗？"百花女王指着小黑球和阿团问。

"是的，是我们的朋友，一个叫小黑球，一个叫阿团，我们一起来。"小沙回答。

百花女王又问起铁铃遇袭的事情："我已经听蕊儿说了你们的来意，也知道了铁铃公主的遭遇，看来是神龙的鲁莽造成了大错。听说铁铃仍然在昏迷中，我的心里十分愧疚。"

小沙听见百花女王诚恳道歉，便说道："女王的话让我十分感动。我们来也不是为了责怪谁来的。是因为铁铃中了神龙的剧毒后，现在还躺在床上昏迷不醒，大脚爷爷说只有通心果才能解毒。我们恳求女王赐予通心果，救铁铃性命。"

百花女王点点头说："我真心愿意帮助你们，以弥补我们的过失，但我们百花宫真没有通心草，也没有通心果。"她又转头问神龙乌贼："铁铃是你咬伤的，你知道怎样能解毒吗？知道的话千万不要隐瞒，赶紧告诉人家。"

神龙乌贼说："不知道！喷射毒液后我们就跑了，从来不管解毒的。"

小沙本来是很期待神龙乌贼能有独门解毒方法的，听到这番话，不禁十分失望。他着急地对百花女王说："看来真像大脚爷爷说的，只有通心果才能解毒了。外界都传说百花宫有通心草，我们一路找来，百花宫是最后的希望了。您这里也没有通心草，难道铁铃……铁铃没救了，只能永远昏迷下去吗？"说着说着，泪水便涌了出来。

百花女王叹了口气说："唉，没办法呀。我们的确没有通心草。不过，我们有一颗通心草的种子。这也许是整个海洋唯一的一颗通心草种子了。"

小沙十分惊异地问："什么？只有通心草的种子？而且是最后一颗？"

百花女王说："本来有九颗，现在只剩下一颗了。"

百花女王指着石壁上的石阶说："你瞧，十级石阶，每个石阶上放着一个水晶瓶子，那是微风瓶。每个微风瓶中本来都存放着一颗通心草种子，但是现在都没有了。我们种了九次，用了九颗种子，都没有发芽。种下的种子也都消失了，只剩下最上面的那个微风瓶中的种子了，我们不敢再种了。"

小沙朝石阶看过去，石阶一共十级，可以看见低处的几个石阶上，每个石阶上面都放着一个葫芦般的水晶瓶子，里面透出石壁后的灯光，看起来是透明的，什么也没有。

小沙问："这些瓶子是空的？里面什么也没有啦？"

百花女王点点头说："除了海水，什么也没有。唯一的那颗种子在最上面的微风瓶中，我可以领你上去看看。"

百花女王说着，朝微风阁顶游去。她衣裙如花，飘扬如云。小沙从没有觉得自己的游水姿势难看，现在，看见百花女王的曼妙身姿后，他觉得应该好好改进自己的游水姿势了，海龟也可以游得飘逸一些呀。

小沙回头对铁铠说:"我跟百花女王上去看一下。"说完,便跟在百花女王身后,朝微风阁顶游去。

小黑球看到百花女王对小沙这么信任,这么友善,很不服气,说:"百花女王看来对小沙格外好呀,她喜欢笨手笨脚的大块头吗?"

"我的块头也不小呀,我觉得是因为她喜欢小沙的大翅膀!"阿团说。

"哦,怪不得天使都长着一对翅膀!原来是这样会讨人喜欢呀,哈哈!"小黑球说。

铁铠虽然也很想去看看什么情况,但小沙既然没有说让自己去,看来是百花女王不想让自己跟去,他便留在原地没有动,其他动物们也都留在了原地。

百花女王引着小沙游到微风阁最高处的石阶上。石阶有餐桌大小,足够两人站立。小沙看见,石阶上的微风瓶中不是空的,而是有一颗猫眼石状的琥珀色种子。

"这就是通心草种子?整个海洋中唯一的一颗通心草种子了?"小沙好奇地看着这颗猫眼石般的种子,心里想道。

小沙问:"听您说,本来有十颗种子,你们种了九颗,难道一颗都没有发芽?"

百花女王说:"是啊,事情就是这么奇怪!近百年来,我们百花宫前后种下九颗种子,竟然一颗都没有发芽,唉!"

小沙仔细端详微风瓶。他发现微风瓶瓶身上有一些奇怪的图案,图案由极简单的线条构成,隐隐发出火焰般的光彩。图案的内容是一个太阳、一组水波和一个鱼头。

小沙问百花女王:"女王,这些图案是什么意思?"

百花女王说:"每个瓶子上都有这些图案,大同小异,应该是代表了每个瓶子存储的不同种类的歌声。"

小沙惊异地问:"什么?这些微风瓶还能存储歌声?"

百花女王说:"是的。这些微风瓶的主要用途,其实是用来存储歌声的,而不是用来保存通心草种子的。你摇一摇瓶子看看有什么发生。"

小沙伸出两手,轻轻摇了摇,微风瓶里流光溢彩,绚烂如花开,但慢慢光彩又消失了,瓶子恢复了平静透明。

百花女王说:"刚才摇晃后产生的光彩,就是瓶子里存储的歌声。"

小沙赞叹道:"好奇妙啊!关于微风瓶,一定有很多故事吧?"

第六章
神秘微风瓶

百花女王说:"是呀,关于微风瓶,我们百花宫的确代代相传着一个故事。听我妈妈说,微风瓶是一位仙子用水晶打磨而成的。这位仙子把微风瓶打造得十分精巧,使得微风瓶可以用来存储歌声。对着微风瓶唱歌,唱完后塞上瓶塞,歌声便存储在其中了。打开瓶子,歌声飞出来,人们就能听见了。歌声飞出后,就像水一样流走了,瓶子中就没有歌声了,但可以重新存储新的歌声。那位仙子喜欢各种美妙的歌声,她花了一百年的时间,用微风瓶收集世界上最美妙的歌声,存储在这十个微风瓶中。因此,这里的每个微风瓶里,原本都存储着一类生灵的歌声,瓶身上的图案,应该就代表这瓶歌声的类别。"

"咱们可以看一看这些微风瓶上的图案。"百花女王带着小沙,从上往下游过,依次查看各个微风瓶。果然如百花女王所说,每个微风瓶上都有图案,而且图案都大同小异:除了太阳和水波,有的微风瓶上画着鱼头,有的画着海葵,有的画着人像，有的画着花朵，不一而足。只有第三个微风瓶上，除了画着太阳、水波和人像，还有一些像火光一样闪烁的奇怪符号。

在最下面的石阶上，百花女王问小沙："你看出什么奥妙了吗？"

小沙说："是不是瓶身图案的不同之处就代表着歌声的不同类型？"

百花女王说："对，你很聪明。每个瓶身上的图案，相同部分是都有太阳和水，而不同部分呢？第一个瓶子是一条鱼，因此收集了海洋动物的声音；第二个瓶子是海神草，收集了海洋植物的歌声；第三个是人像，收集的是陆地动物的歌声，等等，一直到最后这个瓶子，这个瓶子上画的是雷电，因此这里面原来收集的是雷电雨雪之声。"

小沙说："我有一个疑问，这些微风瓶是存储歌声的，那它们和通心草有什么关系？为什么把通心草种子放在微风瓶里？会不会因为通心草种子本来不该放在微风瓶中的，正是因为一直放在微风瓶中而导致种子坏掉了？"

百花女王摇摇头，说："不会的，你听我说。十瓶歌声收集齐后，这位仙子就四处寻觅合适的人来守护这十只微风瓶。后来，她把这个任务交给我的先祖——也是一位百花水母，让我的先祖妥为保管。我的先祖在仙子的帮助下，开辟出百花宫，又建了微风阁，专门存放这些微风瓶。仙子又担心有厉害的坏蛋来抢夺微风瓶而我们百花宫打不过他，就想找一种厉害的宝贝给我们，这样我们就能对付来抢夺微风瓶的坏蛋了。于是仙子想到了通心草这种海底神草，她采集来十颗通心草种子，放进微风瓶中。她告诉我的先祖，只要把通心草种活了，通心草结的通心果就是很厉害的武器,而且通心果还是灵药,能治疗各种伤病。"

小沙问:"直接从别处移植一些通心草过来不行吗?"

百花女王笑着摇摇头说:"仙子那么聪明绝顶,怎么会想不到移植?只是移植的通心草是活不了的,只有播种长出来的才行。"

小沙不好意思地摸摸脑袋,说:"是啊,仙子想到的办法,肯定是最好的办法啦。她老人家真是考虑得很周到啊,如果你们把通心草种活了,通心果就可以随用随取,永远都用不完了。"

百花女王点点头说:"谁说不是呢!仙子把种植通心草的方法告诉了我的先祖,然后就匆匆走了。她好像去办一件非常重要的事情,不过自从走后就再也没有回来了,近百年都过去啦。"

小沙拍拍脑袋,每当他有什么问题想不清时便会这样,似乎这么一拍,脑子里秀逗的零件就都立刻恢复原位了一样:"女王,我还是不明白,为什么要把通心草种子放在微风瓶中?按理说,微风瓶中存满了歌声,原本不合适再放种子了啊?"

百花女王说:"恰恰相反,听仙子说,通心草的种子只有在微风瓶中才能存活!这个秘密她也是偶然发现的。她找到通心草种子后,顺手把它们装在了微风瓶中,发现这些种子保存多久也没有问题。而没有放在微风瓶中的种子,很快就消失不见了。"

小沙问:"哦,原来如此。那你们种通心草,为什么没有种活啊？仙子不是把种通心草的方法告诉你们了吗？"

百花女王叹了口气说："那位仙子是告诉了我们先祖怎么种通心草，可惜的是，我的先祖还没有来得及种通心草，便在百花宫外遭遇怪兽的袭击而身亡了。当时怪兽躲在珊瑚丛中偷袭的，一起同行的水母都没有看见怪兽长的什么样子。就这样，我先祖还没有来得及种通心草，也没有来得及告诉别的水母种通心草的方法，就去世了。"

小沙惋惜地说："要是仙子把种植通心草的方法存储在微风瓶中就好了！"

百花女王点点头说："唉，是啊，我们也想到了这一点，可是那九只瓶子中装的歌声，我们听不懂，也不知其中有没有种植通心草的方法。"

小沙又问道："种子没有种活，那瓶里的歌声呢？还在吗？毕竟这是那位仙子最珍爱的东西。"

百花女王脸一红说："说起来惭愧。为了种植通心草，我们打开了微风瓶。可能因为种植方法不对，每次种植都失败了。不仅如此，瓶子被打开后，即使再塞上瓶塞，过个一年半载，里面的歌声也会消失殆尽，无论怎么摇晃瓶子，都没有流光溢彩出现，打开瓶子来听，也什么都听不到了。我们猜测，微风瓶的瓶塞，是用某种海底软木做成的，打开后可能密封不好了，慢慢地里面的歌声就挥发掉了。"

小沙问："您种过通心草吗？"

百花女王摇摇头说："没有。百花宫传到我这一代，就剩下这一颗种子了，我一直没敢种。"

小沙问："那您知道百花宫以前都是怎么种通心草的吗？"

百花女王说:"我妈妈种过一颗,我见她种过。妈妈把微风瓶侧过来,拔下瓶塞,把种子取出来,然后赶紧塞上瓶塞,防止歌声流走。她把种子放在岩石上,像播种其他植物一样,让种子接受阳光和海水的滋养。听妈妈说,以前我们的先祖也差不多是这么种的,只是妈妈用的阳光照射,以前可能是室内的宝石灯光。可惜的是,我妈妈也没种活通心草。近百年间,每一代百花宫的主人,都忍不住尝试种植通心草,但都失败了。现在只剩下这最后一颗种子了,我不敢轻易尝试了,否则通心草就要从海洋中绝迹了。"

小沙问:"那种下去的种子呢?放在岩石上没有发芽,最后变成什么了?小石子儿吗?"

百花女王说:"种子从微风瓶中取出来,放在岩石上就开始缓慢地融化变小,三天后消失得一点不剩。"

小沙问:"您没有想到去求助于海洋女神或者大脚爷爷?"

百花女王摇摇头笑着说:"听说海洋女神和大脚爷爷日理万机,十分繁忙。我们可不好意思请他们两位的尊驾到百花宫来,毕竟微风瓶和通心草也不是关系生死的大事。"

百花女王又说道:"小沙,你知道我今天为什么把通心草的来龙去脉对你说得这么详细吗?因为我知道你和铁铠王子是大脚爷爷的徒弟,我希望你们能帮助我种活这颗种子。"

小沙说:"我们当然也想种活通心草呀,种活了通心草,我们就能救铁铃了。只是怎么才能种活,我脑子里也是一片空白,没有一点办法。再说,即使种活了通心草也不知道什么时候才能结出通心果呀,铁铃的病情肯定要被耽误了。"

百花女王说:"这个倒不是问题!据说只要种活了,通心草就会长得很快,可能几个小时就可以开花结果。"

小沙高兴地说:"这倒是个好消息。我看我们不如让铁铛上来看看吧,他很聪明,点子又多,说不定能有新发现,找到种通心草的好方法。"

百花女王点点头说:"好,让他上来看看,其他鱼儿可不能上来。微风瓶和通心草是我们百花宫的重要秘密,除了你,连我女儿蕊儿我都没有跟她讲这些秘密呢。"

小沙惊诧地说:"是吗?真是感谢您的信任呀。"

第七章
瓶里的歌声

海豚语

    铁铛在微风阁地面,离小沙和百花女王较远。他看到小沙和百花女王不停地交谈,但他既听不清也听不懂两人说的什么,只是看到百花女王带着小沙从上到下看了一遍微风瓶,过了很久,他看到小沙朝自己游了过来。

    小沙把铁铛叫到一边,把百花女王告诉他的通心草和微风瓶的秘密,悄悄转告给了铁铛,并说:"百花女王请咱俩帮忙寻找种植通心草的方法。"

    铁铛说:"为了救铁铃,必须尽力而为啊!可惜大脚爷爷教咱俩认识海底植物的时候,我听得乱七八糟的,唉。"

    小沙不好意思地说:"我也是,当时哪知道还有这么大的用处呀!不说了,咱们现在赶紧过去看看,你点子多,看看能不能有新发现,我是想破了脑壳了,现在脑壳还疼着呢。"

    铁铛说:"咱们再去看看那粒种子吧,还有刻着文字的那个微风瓶,也许会有新发现。"

小沙说:"好,我们现在就去找百花女王吧。"

铁铠和小沙游到百花女王跟前,在百花女王的带领下,游往微风阁顶。在最上层,铁铠查看了最高一级石阶上的微风瓶,仔细观察瓶中的种子和瓶身上的图案;他又看过了第二级石阶上的微风瓶;然后游到第三级石阶旁查看第三个微风瓶。铁铠看见,果然像小沙所说,瓶身上的图案有太阳,有水波还有人像。除此之外,他发现瓶身上像火光一样闪烁的符号正是珊瑚王国的文字!对铁铠而言,辨认这些文字一点不难,文字写的是:"陆地动物。"在这行火光文字之下,还有另一行小一号的文字:"通心草种子需要水、阳光和歌声的滋养。请把种子放在充满阳光的海水中,将瓶中的歌声浇于种子之上,种子自会发芽。"

铁铠把文字的内容告诉了小沙,小沙又转告给百花女王。女王恍然大悟道:"哦,还要把歌声浇在种子上啊!我还以为有阳光和海水就行了呢!"她随即懊恼地说:"要是早一些知道文字的内容,我们就不会白白浪费九颗种子了!"

铁铠请小沙问女王,可不可以打开这个微风瓶看看,女王点头同意了。

铁铠拔出微风瓶的瓶塞,瓶里空空的,除了海水和少量沙子,啥也没有,更不用说有歌声了。

女王对小沙说:"里面的歌声早已经飞走了,以后就没有存储过。小沙,你现在可以让铁铠试着唱一段歌装进瓶里去,挺好玩的。"

小沙把女王的话告诉给铁铠,铁铠想了想,唱了起来:

"月亮像酒杯呦,高挂在长天。

美丽的海神呦，唱歌碧波间。
追寻着歌声呦，我万里扬帆。
大鱼和老鳖呦，穿波来相见。"

　　这是爷爷铁钧最喜欢唱的歌，铁铛小的时候经常听爷爷哼唱，后来他也学会了，可能是受了爷爷的影响，常常不自觉地哼唱。他曾好奇地问爷爷："歌儿里的故事是真的吗？您真的见过海神吗？"爷爷却笑着摇摇头，说："这只是爷爷小时候的梦。"

　　铁铛唱完这首歌后，赶紧把瓶塞塞上了，他问小沙："这就存储好了？"

　　小沙转头问百花女王，百花女王肯定地说："没错，你可以让他摇一摇，或者拔开瓶塞听一听。"

　　小沙又将女王的话转告铁铛。铁铛轻轻摇晃瓶子，瓶子里果然有光彩流动。铁铛又拔开瓶塞，只见彩色光线从微风瓶中飘出来，水波中响起了铁铛的歌声来，正是他刚才唱的那首《月亮像酒杯》。

　　"真奇妙，就像录音机一样。可它看起来就是一个空瓶子啊，怎么就能存储歌声呢？"铁铛心里琢磨着，仔细观察着微风瓶。他发现微风瓶晶莹剔透，除了葫芦造型和隐约闪烁的文字图案，看不出别的特别之处。

　　"也许是它的构造特别，也许是它的材质特殊。"铁铛心里想，"要是铁铃在就好了，她对这些古怪的玩意儿在行。"

　　一想到铁铃，铁铛心情马上紧迫起来，他对小沙说："既然瓶上的文字是种植通心草的方法，咱们要不按照这个方法，把那颗通心草种子种下试试？"铁铛问小沙。

小沙把铁铛的建议跟百花女王说了，百花女王沉思片刻，决定马上开始种通心草，她对小沙说："现在能种最好啦！这粒种子都放了近百年了，说不定都放坏了，今天终于可以播种了，咱们马上开始种吧！"

铁铛和小沙听了大喜过望，但铁铛仍然对小沙说："小沙，你告诉女王，让她考虑清楚了，如果开始种通心草，那么存放种子的微风瓶里的歌声可能就会留不住了。"

小沙连忙把铁铛的话对百花女王说了。

遨海录

百花女王点了点头，缓缓说："这个问题我考虑过。我觉得对我们百花宫而言，种活通心草的意义更重要。通心草可以当武器防卫，也可以当灵药治病救人。数百年过去了，当初的仙子已不知何处。即使她哪一天回来了，如果知道通心草已经绝迹了，但却有这么多人等着通心果救命，想必她也会赞成我们这么做的。"

百花女王和铁铛、小沙一起游回到微风阁地面，她命蕊仙子把百花宫的主要水母头头都召集到微风阁里。她游上微风阁高处的王座，大声说道："铁铛王子已经帮我们已经找到了种植通心草的方法了！我决定，马上开始播种通心草！"水母们听到这个消息都很高兴，微风阁里一片欢腾。

百花女王等大家安静下来，接着说道："现在，八位水母队长各自召集三千只水母卫士，在微风阁外面守卫，不要让任何动物进来！蕊儿，你和神龙、小黑球、阿团等人，就在大厅里守着，有需要我会随时喊你们！"

众动物们听了，都有些激动："哇，要种通心草了，我也有任务呢！"

一切准备停当,百花女王示意铁铛可以开始了。

铁铛问:"咱们在哪儿可以照到阳光?"小沙把话转告给了百花女王。

百花女王说:"这里玉石明亮,足以代替阳光。"

小沙又把百花女王的话转告给了铁铛。

铁铛摇摇头说:"在这里不行的!微风瓶上说了,通心草需要的是水、阳光和歌声,我觉得一样都不能有错。"

小沙又把铁铛的话转述给百花女王。

百花女王说:"好,那我们就到微风阁顶上去,那儿离海面最近,有充足的阳光。"

铁铛紧握装着种子的微风瓶,跟着百花女王和小沙游上微风阁楼顶。微风阁是在天然洞穴里建成的宫殿,顶部有一个天窗般的隐蔽洞口,三人从洞口游了出去,站在洞顶岩石上。这儿地势微微凸起,离海面很近,阳光充足。

站在洞顶远望,起伏的礁岩如白色的沙丘,延伸向四方,在远处降低沉陷,原来整个百花宫是建在山丘下的海沟里的,想必此时脚底宫殿里,水母们仍在来回忙碌穿梭。

铁铛选择一处平整石地站定,双手持着微风瓶,看着里面微微晃动的通心草种子,心里怦怦直跳,他默默祈祷:"种子啊,你一定要发芽,救铁铃可全靠你啦。"他左手倒转瓶身,让微风瓶里的种子落到瓶口,准备开始播种通心草。

这时铁铛忽然想到一个问题:"瓶子里的歌声浇在种子上,只能浇灌一次,万一种子还没有发芽,接下来拿什么浇灌呢?用我的歌声肯定不够营养,用别的任何人的歌声都不好,最好是瓶里原装的歌声,那些可都是仙子采集的歌声精华啊。"

铁铛脑子里飞快转动着:"怎么办?瓶里的歌声就那么多,怎么才能保证歌声够用呢?"

突然,他眼睛一亮,说:"不是还有九个空微风瓶吗?这只微风瓶倒出来的歌声,用另一个瓶子接着,就可以来回反复浇灌啦,就算有一点点洒掉的,应该也能浇很多次了。"

于是他对小沙说:"你帮我取一个空微风瓶来吧。"小沙问他怎么回事,他解释了一番。小沙又征得百花女王同意,返身到微风阁取了一只微风瓶上来。

铁铛一看,是有文字的那只微风瓶,笑着问:"为什么取这一只?"

小沙回答:"我觉得这个很特别。怎么,不合适吗?"

铁铛点点头说:"挺好,上面有说明文字,我刚好可以看看有没有忽视的细节。"

遨海录

终于开始播种了。铁铛左手握着装有种子的微风瓶,右手拔下瓶塞,里面的种子飞出来,浮在和小沙脑袋差不多平齐的高度,稳稳停住。铁铛半蹲下来,左手微风瓶口倾斜,对准下方的种子倾倒,右手接过小沙递过来的空微风瓶,准备好接收流下的歌声。一股光明柔和的彩色光线缓缓地从左手瓶中泻出,像水流一样浇在猫眼石般的种子上。铁铛耳中响起了歌声,正是瓶中流出的彩色歌声,他赶紧用右手中的瓶子在种子下方接住了歌流。

那瓶中飞出的歌声,铁铛听不懂,因为那是以海族动物的语言所唱的,铁铛只觉得歌声清丽曼妙,像是仙子之声。

小沙却已经听得痴迷了,他觉得歌声甘冽,像一股清泉从山顶一路欢畅地奔落山脚;又觉得歌声清甜,像一位仙子踏着

160

波浪在所有的海面洒满带露的花瓣。

歌声唱的是：

"海洋中充满欢乐的歌，歌声洒满每个角落。
海豚是天生的歌唱家，歌声华丽气势辽阔。
白鲨们冲开重重碧波，啾啾而鸣豪迈洒脱。
金枪鱼队形变幻如云，呼啦啦像旋风刮过。
海龟们摇头晃脑爬爬停停，哼哼哈哈和颜悦色。
寄居蟹叮叮咚咚敲打岩石，像是矿工在忙碌劳作。
就连最不会说话的珊瑚，袅娜舞姿也与歌声相和。

我是海洋的歌者，游遍海中每寸山河。
我用晶莹剔透的微风瓶，收集音符一个个。
深渊开满芬芳的花朵，峡谷荡漾着明媚的歌。
歌声是爱、是笑、是变幻多姿的表情，
歌声是光、是电、是无比绚烂的焰火，
它是海洋精灵的语言，是恒久流淌的欢乐。"

在歌声飘扬的过程中，铁铛一直在全神贯注地浇灌通心草种子。他左手瓶中倒完了，刚好右手瓶中接满。于是他又换右手瓶子倒，左手瓶子接。通心草种子飘浮在两个瓶口之间，受到水、阳光和歌声的滋润，开始变绿，慢慢发芽。

唱到最后，美妙的歌声转为轻柔地诉说："朋友，虽然你久久才来，我却在一直等待。虽然你未见过我，幸运的是，你听懂了我的歌。但愿通心草闻歌而生，保护你和微风瓶。"

遨 海录

一股光明柔和的彩色光线缓缓地从左手瓶中泻出,像水流一样浇在猫眼石般的种子上。铁铛耳中响起了歌声,正是瓶中流出的彩色歌声,他赶紧用右手中的瓶子在种子下方接住了歌流。

第八章
学会海族语

海族语

　　铁铛来回用两手中的微风瓶浇灌飘浮的通心草种子,那种子以肉眼可以看得见的速度发芽,长叶,长出长长的藤,爬满了微风阁的岩顶,就像满墙的爬山虎。但是铁铛没有看见通心草的根,原来通心草是没有根的,只有伸向四面八方的藤茎,种子已长成了一个藤节,紧贴于微风阁顶,变成了纵横交错的藤蔓的中心。

　　铁铛已经浇了五十来次了,此时左手的微风瓶里装满了歌声。正当他要把那瓶歌声再往通心草上浇灌时,突然那歌声从瓶中四散绽开,像烟花一样,飘散于无形。

　　"怎么啦?"小沙惊奇地问。

　　"够了,你看,都已经结出果实了!"百花女王惊喜地说。

　　铁铛问:"您说的果实就是这硬球球吗?不是说像海胆一样吗?"

　　百花女王看了他一眼,惊异地问:"你能听懂我的话?"

铁铠顿时也发现了这个问题,他有些不敢相信:"是啊,我怎么听懂了您的话的?"

小沙瞪大了眼睛说:"啊,这是怎么回事啊?"

百花女王若有所思说:"这的确很神奇。这个微风瓶的歌声是海洋动物语言的精华,你听懂了这首歌,就能听懂海洋动物的心声,因此瞬间拥有了海洋动物的语言能力。"

小沙也替铁铠高兴说:"海洋动物的语言,就是海族语吧?"

百花女王点点头说:"是的。"

铁铠挠挠头说:"可是,可是我并没有听懂多少啊,只是觉得歌声很好听。"

百花女王继续解释:"你刚才来回倾倒的歌声是我们海族歌声的精华,歌声里反复地浇灌通心草种子,你也无意中受到了歌声感染。你手里的两个瓶子,一个用来收集我们海洋动物的歌声,一个用来收集你们陆地动物的歌声。歌声在这两个瓶子间流动转换,肯定也有助于你脑海里两种歌声的融汇相通。这一切因素叠加在一起,终于在歌声最后绽放之时,让你顿悟了海族语。"

铁铠说:"您分析得很有道理。不管怎么样,我学会了海族语。这太不可思议了,谢谢您!"

百花女王说:"不用谢我,都是你自己的机遇。"

铁铠说:"女王您看,通心果都长得跟鸟蛋一样了。不知道什么时候才能成熟,我们真想早点拿着果实回家,我妹妹已经昏迷五天了。"

百花女王说:"现在就可以摘啦,通心果已经成熟了。通心果离开通心草的藤蔓,就会刺破表面绿壳,露出墨绿的硬刺,像海胆一样啦。"

铁铛弯腰向百花女王行礼说:"那就恳请女王赐给我们一颗通心果吧。"

百花女王说:"一棵通心草,每年才结十颗通心果,我送你们两颗。也许一颗就足够救铁铃啦,剩下的一颗作为备用吧。请将通心果放在新鲜海水中保存,也许能存放半年左右。"

铁铛和小沙大喜过望,谢过女王后,两人各摘了一颗通心果。

百花女王微笑着对他俩说:"通心草也叫虬珠草,通心果也叫虬珠,它不仅可以用来治病,还可以用来对付敌人,你们瞧,是这样的。"百花女王从铁铛手里接过通心果,仔细给他们演示了如何把通心果展开成一张丝网缠住对手,以及如何将车厢般大小的丝网变回鸽子蛋般大小的原状。

"通心果作为武器,还有很多的用法,来不及细说了,以后有机会再说吧。"百花女王说完,带领铁铛和小沙从微风阁顶游回了微风阁里。这时,微风阁里已经乱成了一锅粥了。原来,一直在微风阁中等待的动物们早已等得不耐烦了,纷纷猜测阁顶发生了啥事,只是没有女王的命令,大家都不敢上去查看。

蕊仙子说:"妈妈、小沙和铁铛他们都还没有下来,怎么办?"

神龙说:"我上去看看。"

蕊仙子说:"妈妈不让人去,谁违抗命令就要严惩谁。"

小黑球说:"那我和阿团一起去看。"

蕊仙子说:"那有什么区别,不是一样挨罚?"

小黑球说:"我们一起去,就不是'谁'违抗命令,而是'谁们'违抗命令了。这么多人关心女王,她感动了,就会假装忘记她刚才的命令了。"

百花女王很远就听见了小鱼儿们的话,她虽然很感动,但仍然故意说道:"谁说我会忘了我刚才的命令?"

蕊仙子长出了一口气说:"妈妈,你们总算下来了,要不我都拦不住他们了,非要上去看看你们怎么样了。"

百花女王说:"你们的话我都听见了,很好!"她脸上露出了笑容,继续说:"告诉大家一个好消息,通心草长出来了,已经结了果实了!"

蕊仙子高兴地说:"太好了,妈妈。这下我们可不用担心再受欺负了。您的妈妈、妈妈的妈妈、一直到一百多年前的妈妈都没有种出来的通心草,竟然被您——我的妈妈给种出来了!我该多骄傲啊,我的妈妈果然比你的妈妈们厉害!"大家"哇"的一声,都被她这番不同凡响的自吹自擂惊呆了。

百花女王点了点女儿的脑门儿,说:"呸,你啊,脸皮还能再厚一些吗?告诉你吧,是铁铛和小沙帮助咱们种出通心草的。"

蕊仙子对小沙说:"你果然有一双神奇的翅膀啊,连种通心草这种事都能行。"

小沙笑了笑说:"翅膀只能用来飞行,种通心草这活儿好像用不太上。"他指指铁铛说,"主要是铁铛的功劳。"

大家对铁铛一阵夸赞,铁铛觉得有些不好意思了,说:"没什么,能够种出通心草,我也很荣幸。是我妹妹在激励着我一定要种出通心草来，这下我妹妹有救了。"

蕊仙子说："呀，你能听懂我们的话，也会说我们的话，难道你变成人鱼了？为了种出通心草，你可真是够拼命啊！"

铁铛笑着说："谢谢夸奖！你看我像人鱼吗？我只是在种通心草的时候，学会了海族语。说起来，再次真心感谢百花女王。"说着铁铛又躬身向百花女王致谢。

百花女王点点头说："不用客气。你帮我们种出了通心草，帮海洋保住了这种宝贵的灵草，这是海洋对你的奖赏。"

海族语

第九章
复仇乌贼王

百花女王环顾了一下大家,接着说:"通心草已经种出来了,就种在微风阁上。这是我们的大秘密,谁也不能对别人说,否则我会杀了他。但是天下没有不透风的墙,我们还要提高警惕,防备有人来偷抢通心草。这儿虽然很隐秘,但是仍有可能被找到,不能不防。"

百花女王停顿一下,开始布置任务:"接下来我们要做两件事,一是把通心草伪装起来,我们要去搬运一些海草,把通心草遮盖伪装一下。另外,我们要派人在周围日夜站岗巡逻,守护着它。"

百花女王命令神龙乌贼:"神龙,由你带领五千只水母工兵完成搬运海草、遮盖通心草的任务。"

神龙答了一声:"是。"却没有立马去执行命令,而是等着听百花女王接下来的命令。

百花女王看了他一眼,接着说:"巡逻队由我亲自挑选。蕊儿,你出去把二十个巡逻队的队长找进来。"

蕊仙子虽然说话稚气未脱,但她已经是巡逻队的总队长了。每个巡逻队有三百只水母,都是带毒带电的水母,十分厉害,是百花宫的禁卫军,深得百花女王的信任。

就在蕊仙子经过神龙乌贼面前游出微风阁时,神龙乌贼突然伸出两只巨腕,把蕊仙子紧紧勒住。这一下变故十分突然,大家都猝不及防。特别是蕊仙子,在她心里,神龙乌贼是除了妈妈外最爱护自己的亲人了,她实在不明白神龙乌贼在搞什么鬼,大喊道:"你干嘛啊,神龙!快放开我!我要被你勒断脖子啦,我不玩了,这不好玩!"

神龙狞笑着说:"傻丫头,谁跟你玩儿?让你妈妈把通心草给我,我就放了你。"

百花女王很紧张但又似乎在预料之中,她大声说:"神龙,你干嘛?其实你不必这样的,以你忠心保护蕊儿的功劳,我送你一颗通心果也没问题啊。"

神龙叫道:"你以为我就要一颗通心果吗?我要的是通心草,整棵通心草!你们不仅要把通心草送给我,还要给我送到魔龙宫种好了!"

"什么?魔龙宫?你是魔龙宫的乌贼?"大家都惊呼起来。

"嘿嘿,我可不是什么神龙,我是魔龙王!"神龙得意地说。

原来他就是魔龙宫的魔龙乌贼大王——魔龙王。

百花女王说:"我早觉得你有问题!你这么大老远来到我们百花宫,又这么忠心耿耿地服侍蕊儿,肯定有目的,原来你是为了通心草!"

魔龙王说:"废话少说!用通心草交换蕊仙子,你就说换不换,不换我马上拧断她的脖子。"

"咳咳,我们可不欠你通心草,为什么要给你通心草?"蕊仙子被勒得喘不过气来,但仍不忘反驳魔龙王。

"不欠我的?这儿所有人都可以说不欠我的,你却不可以!"魔龙王喊道,"我救了你多少次?不说在住美岛袭击铁铃这一次,有多少次我帮你赶海龟、帮你赶海豚和海豹?你就像一个蠢蛋一样,没有我,你都死了多少次了?"

蕊仙子嘴里仍然很硬气,说:"没有你我就不出去了,自然不会有危险。因为你看起来吓人嘛,又表现得这么忠心,所以妈妈才让我跟你出去的呀。"

百花女王说:"都怪妈妈不好,没有认出这个坏蛋。"

蕊仙子说:"妈妈,千万不要给他通心草啊,否则,咱俩以后可没脸见咱们家的先祖了呀!咱们好不容易种活了这棵通心草,如果送给了这坏蛋,还怎么好意思见你的妈妈,妈妈的妈妈,以及最早的妈妈呀?"

百花女王哭笑不得地说:"好孩子,别贫嘴。妈妈知道你有骨气,你放心,妈妈肯定救你的!"

魔龙王得意地说:"你们还好意思提什么先祖,什么妈妈的妈妈的妈妈?你们不知道啊?你们那最早的妈妈,就是被我的最早的爸爸给吃掉的!"

百花女王一惊,问道:"什么?你说什么?"

魔龙王说:"你们的先祖不是在珊瑚丛中被吃掉的吗?哈哈,那就是被我的先祖吃掉的!我的爸爸的爸爸的爸爸紧紧卡住你的妈妈的妈妈的妈妈的脖子,问她通心草在哪儿,谁知你的妈妈的妈妈的妈妈不说,就只好吃掉喽。"

魔龙王一脸的得意,旁边的铁铛和小沙却听得差点气炸了，小黑球和阿团也义愤填膺，都很想出手教训这个大坏蛋。

只听魔龙王接着对百花女王说道:"你赶紧给我把通心草拿来，然后派一队水母运送到魔龙宫，否则，我轻轻一拧，蕊仙子就没命了。她的脖子这么柔软，我真不知道她能不能禁得起我这轻轻一下。"

百花女王看看铁铛，又看看小沙，焦急地想:"这可怎么办，这可怎么办？"

魔龙王阴险地笑道:"不要耍什么花招啦，最好老老实实的！我先把蕊仙子带走了，在魔龙宫等你，你把通心草送过来，并给我种好喽，我就放了蕊仙子。嘻嘻，这么可爱这么傻乎乎的女儿，也就你在乎，你要是敢耍花招，我立刻吃了她！"

百花女王都快气炸了，但她没有办法，只好说道:"好好，我这就把通心草给你，派人送到魔龙宫！你先把蕊儿放了。"

魔龙王说:"别跟我讲条件！让你的手下都别动！"

魔龙王带着蕊仙子往微风阁顶上游去，他准备从天窗洞口出去，顺便看一眼通心草，以免百花女王用假的通心草来骗自己。蕊仙子很轻，魔龙王的游动根本不受影响，十分迅速。

就在他经过铁铛和小沙身旁时，铁铛大喊一声:"动手！"

只见铁铛和小沙同时掷出通心果，向魔龙王的手腕打去。通心果出手之后，飞行极快，划出一道水箭，射向魔龙王的手腕。它就像长了眼睛一样，正好打在魔龙王勒住蕊仙子脖子的两只手腕上。刚碰到魔龙王的手腕，通心果就突然张开一道口子，像食人鱼一般，猛地咬住了魔龙王的手腕，咔嚓一下，把魔龙王的手腕咬断了。魔龙王的腕一断，劲就没了，蕊仙子赶紧挣脱了出来，朝百花女王怀里扑去。谁知魔龙王虽断了两只手腕,仍不死心,又伸出两只手腕来抓蕊仙子。他知道,只有抓住蕊仙子,自己才有活命的可能。

就在魔龙王快要抓住蕊仙子的一刹那,小沙侧身跃出,展开水云巨翅,朝魔龙王扫去。魔龙王根本无法避开小沙的巨翅,一下被拍在石壁上,倒了下去。蕊仙子安然地扑进了妈妈的怀抱。铁铛两手抄起飞回的通心果,要朝魔龙王扔去。

百花女王把蕊仙子往身后一放,喊道:"让我来,我要给先祖报仇!"

说完,她双手一举,放出一道白色的闪电,白色闪电像一把飞剑,切断了魔龙王的两只手腕。魔龙王嘴里喷出一股浓雾,想要溜走,铁铛又掷出通心果,通心果竟像是这魔龙王的天敌,浓雾也难以遮住它的"眼睛",它准确射中魔龙王的手腕,又咬断了他的两只腕足。这下,魔龙王只剩下两只腕足了。他僵立在众人面前,脸色惨白,浑身发抖,知道自己在劫难逃。

百花女王指着魔龙王说:"害人终害己,你这卑鄙无耻的家伙!"

魔龙王低着头,浑身颤抖着,一言不发地盯着自己散落在水底的六只腕足。

百花女王停顿片刻,又说道:"我是恩怨分明的人,不管怎么说,你救过蕊儿很多次,现在我还你一次,也是最后一次。你走吧!"

魔龙王在众人的注视下,默不作声地爬出微风阁,穿过花园蹒跚而去,被割掉的腕足也不要了。

蕊仙子又不失时机地犯傻了,说:"妈妈,他救了我那么多次,咱们才还一次?我的命不值钱么?相当于我的很多次命,才换他的一次嘛。"

百花女王简直被这傻女儿气冒烟了,但她仍很耐心地讲着道理:"傻孩子,相比起我们真诚的宽恕,他的虚假的救护算得了什么?我觉得饶恕他一次已是够多了。"

第十章

铁铃苏醒了

　　铁铛急于回家治妹妹的病,他和小沙在百花宫里辞别了百花女王和蕊仙子。小黑球和阿团则依依不舍地送他们到了百花门外。此时此刻的海水里,多了几分好友离别的不舍滋味。不过,相比刚来百花宫时的茫然无计,此时,铁铛和小沙的心里轻松了很多。

　　小沙说:"小黑球,阿团,欢迎你们到翡翠岛找我玩,希望你们明天就去。我在翡翠岛积云礁,和大脚爷爷住在一起。"

　　小黑球说:"好啊,我明天就去找你。"

　　阿团说:"你不是留在这儿陪我吗?"

　　小黑球说:"我是说你明天也去啊,咱们一起去积云礁找小沙玩儿。"

　　阿团说:"我不能去了。百花女王答应送我通心果救我哥哥啦!但要求我在这儿帮她们看守通心草,她说百花宫需要我这样有情有义的小伙子。她还说世界上没有不劳而获的东西,凡是不劳而获得到的，都不可靠，所以这个交易很公平。"

铁铠说："那好吧！等你们事情办完了，一定要去翡翠岛找我和小沙玩儿，我妹妹肯定也很欢迎你们。"

铁铠和小沙挥手告别小黑球和阿团后，带着两颗通心果很快游回了翡翠岛，而小黑球和阿团则返回百花宫，协助百花女王守护通心草。

铁铠和小沙直接去了铁铃所住的仙玉医院。谁知铁铃已经搬回王宫了。原来她的病情已经稳定了，这都是大脚爷爷的伏龙膏起了作用。征得医生同意后，国王夫妇将铁铃接回王宫休养，仙玉医院的医生每天都会进王宫查看铁铃的病情。

铁铠和小沙从仙玉医院分头行动。小沙回积云礁找大脚爷爷，看大脚爷爷从星辰岛回来没有，如果回来了，马上请大脚爷爷到王宫，教给铁铠用通心果给铁铃治病的方法。之前在百花宫的时候，铁铠请教过百花女王如何用通心果给铁铃解毒的问题，百花女王告诉他："如果是治疗海里鱼儿的伤的话，可以直接把通心果的丝状外皮剥开，吃里面的核就行，那核也就是通心草的种子。但是，给你妹妹治疗的方法是不是也这样就不知道了。保险起见，你还是问问大脚爷爷吧。"

回到王宫，铁铠和爸妈打过招呼，就赶紧来到妹妹床边。大部分时间，铁铃都是平静地睡着，但偶尔嘴边眼角也会挂起调皮的笑，有时又龇牙咧嘴露出一副很生气的样子。看到妹妹的样子，铁铠心里稍稍放心了些，他想："还好，情况没有变糟，铁铃还是这么乐观啊。"

这时大脚爷爷和小沙赶到了王宫。大脚爷爷果然已经从星辰岛回来了，他跟海洋女神请教清楚了怎么用通心果祛除乌贼毒素的方法。国王和王后把大脚爷爷请进铁铃的房间,铁铛拿出通心果,迫不及待地问大脚爷爷:"爷爷,这是通心果,怎么用它解毒呀?"

大脚爷爷说:"把通心果晒干磨成浆汁和水服下,不过这样一来,这颗通心果就没了。本来通心果如果不离开海水,可以存活很久的,它们就像有生命一样。"

铁铛说:"为了救铁铃,没有什么可惜的。小沙还有一颗呢,等铁铃醒了倒是可以让铁铃开开眼界。"

大脚爷爷亲自动手,把通心果磨成浆汁,调成药汤。王后把药汤一勺一勺喂给铁铃服下。

在等待铁铃醒来的时候,铁铛对大家讲述了自己和小沙去百花宫找通心草的前后经过。听铁铛讲完他如何种活通心草并学会海族语的经过后,大脚爷爷对铁铛说:"嗯,正如百花女王所说,微风瓶中绽放的歌声是海族语的精华,小沙拿给你的恰好是收集陆地动物歌声的微风瓶,歌声在陆地动物微风瓶和海族动物微风瓶之间流转,无形中激发了你对海族语的融会吸收,所以你才在片刻之间顿悟了海族语,这的确是难得的奇遇。"

铁铛说:"看来幸亏当时小沙给我拿了第三个微风瓶来。"

小沙说:"我当时就稍微动了下脑筋,觉得第三个瓶子更特别,说不定用起来更合适一些,没想到还发挥了这么大作用。"

铁铛又问大脚爷爷说:"那位仙子,收集世间最美妙歌声的仙子,不知是谁?她真是聪明无比啊。"

大脚爷爷说:"这位仙子也许就是海洋女神也说不定,我可不知道这世界上除了海洋女神还有谁这么心灵手巧的。也许微风瓶最早本是海洋女神所有,她请百花宫水母女王保管而已。"

铁铛说:"百花女王也是这么说的。她还教我和小沙怎么用通心果对付敌人呢。"

大脚爷爷说:"我在一部药典中看过,通心果又叫虬珠、通天球。它能治鱼虫叮咬,也有巨大的威力,可以用作武器对付敌人。"

众人正说着话,没想到铁铃竟醒了。她睁开眼第一句话就是:"什么通心果?什么厉害武器?让我瞧瞧!"

铁铛笑着说:"通心果就是治好你毒伤的果子,我和小沙去百花宫给你找到的,我的那个你已经吃了,不过小沙那儿还有一个。"

铁铃手一伸说:"小沙,快给我玩玩!"

为了这个病号赶紧好起来,小沙自然不会惹她,老老实实地说:"通心果最好放在新鲜海水中,我把它藏在积云礁啦。"

铁铃蹦下床,央求小沙说:"那你去取通心果,一会儿咱们去仙玉海滩会合,你教我玩通心果!"

看见铁铃刚睁开眼睛就要去积云礁,小沙哪儿敢答应,赶紧说:"我去给你取来,它离开海水一小会儿应该没事。"

看到铁铃又开始叽叽呱呱了,而且嗓门比以前更大了,众人都是既高兴又无奈。特别是铁铛,经常被闹得无可奈何挠头苦笑,因为妹妹还是经常和他开各种无聊的玩笑,玩各种很幼稚的恶作剧。每当这时候,铁铛就想:"这丫头,这么鬼灵精怪的,准是吃通心果吃的!"

遨海录

第一章

喝醉的隆头鱼

珊瑚王国的王宫后面，是一个美丽的花园，里面有四季盛开的鲜花。沿着花园里的花径往东走，可以一直走到仙玉海滩。仙玉海滩有一部分属于皇家专用，这里海浪温柔，白色的沙滩如绸缎从天际飘落于海岸。铁铃很喜欢到仙玉海滩去玩，有时候和爸爸、妈妈、哥哥一起，有时候独自一人去。

这一天早上，铁铃因为昨晚喝了凉牛奶，肚子很疼，请假没有去上学。妈妈请来医生，医生给铁铃开了一些药。"没事的，注意休息，很快会好的。"医生微笑着叮嘱道。不用去上学了，铁铃感到无比轻松，心里乐道："太好了！不用听催眠曲了。"铁铃管历史课叫做催眠曲，因为她听不了十分钟，准会瞌睡得不得了，简直是比小时候妈妈唱的摇篮曲还管用。铁铃在花园里溜达，不经意间便走到了仙玉海滩。

她在海滩上玩耍，一会儿往海里扔石子，一会儿又拿起石子，假装让石子和螃蟹赛跑，这游戏她百玩不厌。突然，一只海鸥围着一块大青石盘旋,并发出警告的鸣声。铁铃知道,海鸥一定是遇到敌人了。她正无所事事,于是赶紧跑过去瞧热闹。

在一块大青石形成的水洼里,铁铃看见了一条红色的鱼。这鱼有半米来长,头顶一个大包,背上长着梳子一般的背鳍,正有些惊慌地盯着盘旋的海鸥。

"哦,一条隆头鱼!"铁铃心里想,"比我还贪玩,一定是海水落潮时忘了游回去啦!"

铁铃赶走了虎视眈眈的海鸥,笑着对隆头鱼说:"我放你走,你可别咬我啊!"她知道隆头鱼比较凶、会咬人,不小心被他咬着手指,能把手指咬断了。她跑到远处,找来一根树杈,在前端扎了一个圈儿,连夹带拨,把这个贪玩儿的家伙从水坑中拨进了海里。

"快去吧,下次可别贪玩了!大笨蛋!"铁铃笑着轻轻骂道。

"幼稚!"那红色隆头鱼突然探出水面,对铁铃说道。

铁铃吓了一跳,对隆头鱼说:"啥?幼稚?是你在说话么?"

"幼稚!"隆头鱼又瓮声瓮气地说。这一次,铁铃千真万确听清楚了,就是这家伙说的。

铁铃笑着说:"你会说话啊?"

"幼稚!我会的多着呢,会说话算啥?"

"这么厉害呀!早知道你这么有本事,就不该把你从小水坑里拨出来,而应该让你和海鸥大战一场的!要不你再跳回小水坑里,我叫只海鸥过来陪你玩玩?"铁铃也故意气他。要知道,小孩子最不喜欢别人说自己幼稚,尤其是铁铃这般聪明又漂亮的小姑娘。

"幼稚！要不是我喝醉了，能被水坑困住？"

"喝醉了？你知道什么是酒吗？连我哥哥都不能喝酒，连海龟小沙也不能，你还喝酒？我看你不是隆头鱼，你是条吹牛鱼。"

"知道你不信。看在你救我的份上，我带你开开眼界去，你敢去吗？"

"去哪儿？开什么眼界？"铁铃一听说好玩的，早就将之前的气话抛到了九霄云外。

"去海里，看我的神奇本领啊。"隆头鱼一脸自信。

"那你说说吧，你有哪些本领，我看值不值得看。要是邀请我看你吐泡泡，我可没那闲工夫！"

"嘿嘿，你不是怀疑我不会喝酒吗？我带你去看我喝酒啊。"

"喝酒也算本事？"铁铃一脸不屑地撇撇嘴，说："除了喝酒，你还会啥？"

"你读过气泡信吗？开过冰能车吗？见过百宝囊吗？认识百灵珠、巨星草和微星草吗？"隆头鱼得意地问。

"气泡信？什么是气泡信啊？"铁铃一下子被吸引住了。隆头鱼说的东西似乎都很奇妙啊，她以前真的没听过这些东西呢。

"想知道气泡信吗？我可以写给你看。"隆头鱼说。

"想啊，"铁铃十分感兴趣，说，"你快写吧，写给我就行。"

隆头鱼摇摇头："这儿哪成？我要找一处水流，吐一串气泡。气泡沿着水流漂啊漂，漂到目的地，收信的人把气泡一个个收下来。气泡叭叭叭破开,收信人便读到了信里的内容。"

"有这么神奇?"铁铃瞪着眼摇摇头,表示对隆头鱼说的有所怀疑。

"你要是不信,我带你去这附近的海流边,写给你看啊。"隆头鱼微笑着说。

"可是我没有你那么好的水性,怎么能游到海流那么远的地方啊。"铁铃摇摇头说。

"没关系,我有百灵珠啊。你将百灵珠含在口中,就能像鱼一样在海里自由自在地游了。"说着,隆头鱼从嘴里吐出一颗黑色的闪闪发亮的宝石递给铁铃。

遨海录

"不会有毒吧?"铁铃心里想,她捏了捏百灵珠,确实像是一颗宝石。为了看到气泡信,她大着胆子将黑色的宝石放入口中含着。

"现在你就能在海里随便游了,而且,你还能听懂鱼儿的话了。"隆头鱼说,"刚才我能说你们人类的话,就是因为含着百灵珠,现在我只能说我们隆头鱼的话了,但你仍然能听懂,因为你含着百灵珠。"

铁铃惊喜地说道:"真的真的,我听懂你的话啦,叽里咕噜的!"

就这样,铁铃跟着隆头鱼往大海东边的黄林峡谷游了过去,隆头鱼说那儿是最近的海流了。在经过一片草丛时,隆头鱼停住了,指着一棵叶子像酒杯一样的草,对铁铃说:"这是酒杯草,你可以摘一片叶子下来,尝尝里面的酒。"铁铃看到这些酒杯状的叶子,一个个杯口朝上长着,似乎斟满了酒,敬给过往的游鱼。

铁铃笑着说:"难不成这些酒杯叶子里面真的斟满了酒?"

隆头鱼说:"对啊!我刚才就是喝这个喝醉的,可不是胡说呦。"

铁铃摘了一片酒杯叶子,端到鼻前闻了闻,绿色的酒杯草叶中飘出一股浓浓的酒气,钻入铁铃的鼻孔。

"这个真能喝吗?"铁铃好奇地问隆头鱼。

隆头鱼点点头说:"真能喝的,跟美酒一样啊,只是喝多了会醉。"

铁铃小心翼翼地舔了一小口酒杯草中的汁液,一股辣死人的酒味在她的舌尖迅速扩散开来,果然跟爸爸喝的白酒味道差不多。

铁铃皱着眉头说:"啊,这么辣,难怪你会喝醉!"

"是啊。我师父告诉我说,这酒杯草是专为海里的酒鬼们准备的。"

"酒杯草的酒要是像果汁一样甜就好了,那样我也能来个十杯八杯的,嘻嘻。"铁铃摇摇头,不无遗憾地想。

第二章
奇妙的气泡信

遨海录

不久,铁铃跟着隆头鱼游到了黄林峡谷。黄林峡谷是个海底峡谷,两岸是陡峭的石壁,长满黄色的珊瑚丛和黄绿色的海草,峡谷里水流湍急,从南往北一直流到冰川王国,不时能看到成群结队的黄姑鱼在激流中穿梭。

隆头鱼找到一处地势平坦的石岸,对铁铃说:"就这儿吧,水流平稳,气泡字好排列。"铁铃点点头,急切地看着隆头鱼,想看他如何写气泡信。

"写什么呢?"隆头鱼自言自语地说。

过了一会儿,他开始唱道:

"黄林峡谷曲曲折折奔向北方,
峡中水流看似平静却暗流激荡。
只有大胆的鱼儿顺流而下挑战艰险,
还有勇敢的鱼儿溯流而上追寻梦想……"

隆头鱼唱歌的时候，嘴里有一串串的气泡吐出，缓缓飘入黄林峡谷水流中。这些气泡和普通气泡的不同之处在于，他们紧紧相连，连成了一条像海蛇般的气泡串。这气泡串海蛇有一个气泡脑袋，还有两只气泡眼睛。它真的像海蛇一般，眨着眼睛，摇头摆尾，避开礁岩和海草，顺流而下消失在激流中。

只听隆头鱼唱腔一变继续唱着：

"很久以前我们得到了珍宝，
现在要把这珍宝传给后来人。
啊，兄弟，久别不见盼重逢，
眼前人定能让咱们美梦成真！"

隆头鱼的第二段歌儿唱完了，又一条气泡串海蛇游入激流，奔向远方。

铁铃问："你这气泡信唱的是啥意思啊？"

隆头鱼说："很快你就知道啦。"

"你的朋友能收到这封信吗？"铁铃问。

"咱们这就去找我朋友，看他收到信没有。"

"还要去你朋友那儿？哎！让你把信写给我，就不用那么麻烦啦。"铁铃埋怨道。

"当面写给你？你都听见了我唱的内容了，还怎么证明气泡信是真的呀？"

"那咱们跟着你写的气泡信游吧，免得迷路，嘻嘻！"

"不用，"隆头鱼胸有成竹地说，"跟着气泡信，那不是作弊么？你寄信还跟着信一起走啊？"

"那倒是。那咱们现在去找收信人吧？看这气泡信到底能不能送到他手里？"铁铃催促道。

"嗯，走之前，我想我们有必要升级一下。"隆头鱼说。

"升级什么？"铁铃问。

"升级你啊。你现在虽然能在海里游，可是进到峡谷激流中，肯定连泡都不会冒一个就被卷走了。"

"怕什么？反正我能在水中自由呼吸了，怎么也不会被淹死了啊。"

"虽然不会被淹死，但你会被激流冲晕，还可能撞上岩石，或者直接被卷入深渊。"隆头鱼严肃地说。

"真的？"铁铃有些紧张，"那快点升级，把我升到顶级。"

隆头鱼笑着说："不用紧张。升完级保管你和黄姑鱼一样，十分安全。"

"什么？你是要把我变成鱼吗？和黄姑鱼一样？"铁铃一听隆头鱼说不用紧张，便又有了开玩笑的劲儿。

"不是，不过也差不多。你等我一会儿。"隆头鱼说完，迅速游入黄林峡谷激流，过了一会儿，他口里衔着一株带紫花的草回来了。

"快把这吃下！"他对铁铃说。

铁铃还没有来得及接过紫色花草，一条大鱼突然就游了过来，他游到离隆头鱼一米远的地方停了下来，小眼睛恶狠狠地盯着隆头鱼说："看你还往哪儿跑？快把东西交出来！"

铁铃认出，这大鱼是一只电鳐，足有三米多长，是电鳐中的巨无霸，他身上有蓝色和绿色的斑纹，像刚从臭水沟里爬出

遨海录

来一样，奇丑无比。

隆头鱼没有搭理这个电鳐怪兽，他转过身背对着电鳐，嘴里却不知在嚼什么东西。

铁铃知道电鳐能放出强大的电流，像这么巨大的电鳐，真不知道电流会不会一下子就把自己给烧成肉串了？虽然隆头鱼吹嘘自己很厉害，但她仍觉得隆头鱼和自己的处境极其危险了。

电鳐拍着大翅膀，摆着长尾巴，恶狠狠地说："快交出《遨海录》，否则我不客气了！"

隆头鱼含含糊糊地说："什么？你要我交出什么？"

"叫你装糊涂！"电鳐身子一摇，尾巴摆到身前，从尾巴上射出一股明亮的蓝色电流，射向隆头鱼！

隆头鱼慌忙一闪，躲开了电流。蓝色电流击中旁边的海绵，把海绵击穿了一个大窟窿。

铁铃吓了一跳，朝电鳐喊道："喂，有话好好说，你怎么放电伤人？"

就在这时，隆头鱼忽然像气球被吹大了一样，迅速膨胀，变得有鲨鱼般大小。只见他露着满嘴的尖牙朝电鳐嘿嘿一笑，说："这下我可不怕你啦！还不快跑？小心我吃了你！"

电鳐看见隆头鱼突然变得比自己还大，吓了一大跳。他估计自己是打不过隆头鱼了，于是准备去搬救兵去。临走之前，他恶狠狠地对隆头鱼说："你刚才吃的什么草？就是《遨海录》里记载的仙草吧？你等着！"说完就游走了。

铁铃在后面喊："你这家伙怎么这么凶啊？欺负人还有理啦？"

电鳐不理铁铃，很快游走不见了。

"他招呼同伙去了，咱们快走吧。"已经变得和鲨鱼一样大小的隆头鱼，笑着催促铁铃。

他不知从身上哪儿拿出了那株五瓣紫色花草，递给铁铃说："给，这是微星草，快吃下吧！"

看见铁铃犹豫，隆头鱼笑着说："你看，我也吃，像我这样吃就行！"说着，他用鱼鳍右手捏起另一朵微星草，连草带叶塞进自己嘴里。

铁铃看见隆头鱼也吃了微星草，便把嘴里的百灵珠吐出，把微星草连叶带花一起嚼碎咽了下去，又把百灵珠含回了嘴里。

刚咽下微星草不久，铁铃就觉得自己有些失重的感觉，头还有些晕眩。她眨了眨眼睛，突然发现周围的东西都变得巨大了。"怎么回事？难道吃了微星草就眼睛花了？"她疑惑地望着隆头鱼问："怎么我吃了这花瓣没啥反应？反而是周围的东西变大了？"

隆头鱼笑着说："傻瓜！是你缩小了。"

铁铃啊的一声，她环顾四周，发觉确实是自己变小了，变得只有黄姑鱼一样大小了。她焦急地问道："怎么我变小了？我还能变回去吗？变不回去的话，这样子可没法见人了啊，我都比小狗还小啦！"

隆头鱼笑道："变小了你才能在激流中安全地游啊。到了目的地，我会用巨星草把你变回来的。"

铁铃问："你也吃了微星草，你怎么没有变小？"

隆头鱼解释说："我刚才吃了巨星草，变得比原来大了好几倍,我吃了微星草后,抵消了巨星草的作用,变回原来大小了!"

铁铃担心地问:"你还是把我变回去吧?时间长了我会不会就变不回去啦?"

隆头鱼胸有成竹地说:"那倒不会!我有巨星草,随时可以把你变回原来大小的。"

隆头鱼牵起铁铃的手,往激流中游去,边游边说:"走,咱们顺着激流,很快就能到气泡信的收信人那儿了!"

铁铃问:"咱们在峡谷外面游,不是更安全吗?"

隆头鱼摇摇头说:"收我信的朋友,在峡谷下游,咱们沿着峡谷可以更快游到他那儿。而且,而且电鳐说不定还在找咱们呢。你没有听见吗?他想抢我的宝贝《遨海录》,我可不能给他!咱们在激流中游,他们就不敢进来了,因为他们的个头儿太大,进来会送命。"

说完他不由分说,拉着铁铃跃入了峡谷激流中。

铁铃和隆头鱼在激流中顺流而下,边游边聊。

"《遨海录》是什么宝贝?电鳐为什么要抢你的《遨海录》?"铁铃问。

"《遨海录》是一本海洋奇书,人人都想得到。到了我朋友那儿你就知道啦,你不仅会看到他是否收到了气泡信,也会看到《遨海录》的。"

"你朋友在哪儿?咱们去了能很快回来吗?要是去的时间太久了,我妈妈会担心的。"

"也许中午咱们就能回来了。"

看到铁铃游水很不错,隆头鱼禁不住夸赞道:"老实说,我还真不知道你缩小后会变得和鱼这么像,而且游水棒极了!"

"吃了巨星草我真的能变回去吗?"铁铃一边游一边问隆头鱼。她还是有些担心。她原本是想变成鱼的,不过她只想变成鱼玩一会儿,而不是真正变成一条鱼,要是变不回去那可就不好玩了。再说,哥哥和好朋友青鸢都不在这里,变成鱼也没法向他们炫耀。

"放心,我还有巨星草呢,绝对能让你变回来。你救了我,我怎么会害你?"隆头鱼安慰铁铃道。

铁铃半信半疑地点点头,努力让自己相信隆头鱼的话。

两人在激流中穿梭,穿过黄色巨木林,穿过落叶般的珊瑚丛,看到云群一般的黄姑鱼群从身后超过自己,两人赶紧躲避。两人在峡谷激流中游了很久。一路上,铁铃每隔几分钟就会问隆头鱼:"到了没有?还要多久啊!"她是真的很着急,既着急看气泡信,也着急变回去。隆头鱼每次都回答说:"快了,就在前面,一会儿就到了!"在铁铃问了十几次后,隆头鱼终于说道:"到了,就在前面的环香屿。"

"啊,环香屿!"铁铃惊叫起来。她知道环香屿在珊瑚海东北方很远的地方,自己还从来没有到过这么远呢。

"放心,你能回去的。"隆头鱼安慰道。

他们又游了一会儿,便看见环香屿跃入眼帘。环香屿像一枚蓝色的毛草菇,长长的菇柄从海底直伸到海面,上面是一个蓝色的菇伞。屿上的岩石很特别,全是些蓝色的珊瑚石,而且散发着馥郁的香气,环香屿的名字也因此而来。

"收信人就在环香屿。"隆头鱼说道。

他们往环香屿的水面游了过去。就在这时,头顶的光线突然暗了下来。

铁铃皱了皱眉道:"呀,天都黑了,这么晚了啊?我该回家了!"

"不是天黑,是蓝鲸!快跑!"隆头鱼说着,朝露出亮光的地方飞速游去。

铁铃抬头一看,果然,一头巨大无比的蓝鲸,像乌云般遮天蔽日地游了过来。

看见铁铃还在发呆,隆头鱼使劲推她:"快跑啊,小心被他吸进去!"

是啊,蓝鲸的动作虽然慢,可是,每一下呼吸都有翻江倒海的气势。铁铃第一次离这海中巨兽这么近,被它的气势惊呆了。

"赶紧跑!"隆头鱼大叫了一声。

蓝鲸的气息都可以感受到了,隆头鱼推了铁铃一把,铁铃终于醒悟了过来!她赶紧跟随着隆头鱼,朝着亮光飞快地游了过去。两人游了好久才游到没有阴影的地方。蓝鲸也没有追过来。对于蓝鲸而言,他们俩实在微不足道,那些密集的大黄姑鱼群,才是他的美餐。

两人稍微歇了歇,隆头鱼带着铁铃朝环香屿西边游去。环香屿是一个珊瑚礁,岩洞不少。在一个珊瑚洞旁,隆头鱼停了下来。

"到了!"隆头鱼说。

他朝着洞口喊道:"喂,大钳子,出来!"

连喊了三声,洞口却并无任何鱼的影子现身。

"人呢?不在?他没有收到你的信吧?"铁铃担心地问。

就在这时,洞口浪花翻滚,水泡涌起,一只大怪鱼从洞里冒出头来。他长得像一只超巨大的敖龙虾,从头到尾足有一米半长,还不包括他的大钳子的长度。令铁铃奇怪的是,大怪鱼脑袋却只有苹果般大小,夹在一对大扫把般的大钳子中间,显得很不协调。

"噗嗤!"铁铃忍不住笑了起来。

"笑什么啊?"大钳子怪鱼问道。

"脑袋这么小,两只爪爪,又这么这么大!"铁铃比画道。

"好啊,小怪鱼!你敢笑话我?看我不把你剪成两段!"大钳子怪鱼对着铁铃恶狠狠地比画着自己的大钳子。

铁铃看到大钳子怪鱼恶狠狠的样子,赶紧躲到了隆头鱼身后,喊道:"喂,我是夸你钳子很威风啊,你怎么不明白呢。"

隆头鱼说:"大钳子,说正事,她是我给咱们找的继承人,你可别伤害她。你难道没有收到我上午写给你的气泡信?"

大钳子鱼摇晃着钳子说:"收到了啊,你唱得啰里吧唆不明不白的。"

隆头鱼得意地说:"你可别说,要不是我的气泡信,这小姑娘可不会跟我来。"

大钳子鱼瞪着眼睛问:"你说她是小姑娘?"

隆头鱼说:"不错,货真价实,我给她吃了微星草,她就缩小了。更神奇的是,她缩小后竟然变得像鱼一样了,游水快得很。怎么样,你是不是很佩服我的眼光?"

大钳子鱼说:"你有什么好佩服的?人家长得像鱼又游得快,是爹妈生得好,跟你有什么关系?"

隆头鱼说:"呸。你可不知道我有多辛苦。为了给她找微星草,我可是费了不少劲,你知道微星草很难找的,跟大海捞针一样!我还遇到一条蓝绿花纹的大电鳐,他逼我交出《遨海录》,别提多危险了!"

大钳子鱼皱了皱眉头说:"是青鳐王吧?他上个月就来找过我几次,想抢《遨海录》。我跟他干了几架,不分胜负。谁知他还不死心,竟找到你头上了!"

铁铃听他俩你一言我一语,忍不住插嘴问道:"大钳子,你真的收到气泡信啦?"

大钳子鱼不满地瞪了她一眼,显然还在怪她刚才笑话自己,不过看在她是一个小姑娘而且是隆头鱼辛辛苦苦找来的继承人的份上,声音缓和了些,说道:"是啊,刚才不是说了么。"

"你是怎么收气泡信的?信里都说了些什么呀?"

大钳子鱼又有些不耐烦地说:"怎么收气泡信的?气泡信来了,认得我的气味,就会游到我跟前,然后就会叭叭叭一个个破裂开,我就读到信了啊。"

"可是,可是这么远的路程,气泡不会漂着漂着半路上就叭叭叭破了吗?"铁铃仍然有些不相信。

"傻丫头,会叭叭叭破了的,那是一般的气泡,我们这可是神奇的气泡啊。"隆头鱼耐心地解释着,"我吐出的气泡串语句,用了神奇的方法,保证他们不会叭叭叭,你没看见他们漂流时就像海蛇一样、很灵活很聪明的样子吗?"

铁铃点点头道:"是很像一条海蛇。"她又问大钳子鱼:"那你说说,他的气泡信里都写了些啥呀?"

隆头鱼感到很好笑,说道:"你还是不相信我的气泡信啊!"

大钳子鱼却点了点头说:"小姑娘对气泡信这么好奇是好事,我就告诉你吧!他在信里说,黄林峡谷多么多么危险,只有勇敢的鱼才敢在里面游来游去;他又说他已经找到了《遨海录》的继承人,要来找我。对不对?"

铁铃这下彻底相信了:"嗯!厉害!看来气泡信是真的啊!"

隆头鱼说:"当然是真的。我给你看的百灵珠、酒杯草和微星草,哪个不是真的?你到现在才相信呀?"

经过隆头鱼和大钳子鱼的耐心解释,铁铃对气泡信终于弄明白了些。"可是他们嘴里说的《遨海录》到底是怎么回事?还说要找继承人?不好,难道他们想找我当继承人?"想到这儿,铁铃觉得自己遇到麻烦事了。

第三章

神奇的遨海录

遨海录

只见大钳子鱼对隆头鱼眨眨眼,问道:"喂,小脑袋,你的意思是把《遨海录》交给她?让她做咱们的继承人?"他努努嘴,示意铁铃。

隆头鱼点点头:"嗯。"

"噗嗤!"铁铃又忍不住笑了起来。

"笑什么?严肃点啊!"大钳子鱼和隆头鱼一齐瞪着铁铃说。

"哈哈,你叫他什么?小脑袋?可明明,明明……"铁铃指着隆头鱼的大脑袋说。

"这有什么好笑的?"大钳子鱼一本正经地说,"他整个身子加起来都没有我的钳子大,我为什么不能叫他小脑袋?"

隆头鱼无可奈何地说:"师弟,你老是笑话我。你记不记得师父说你啥?说你把大钳子当脑袋使。因此师父才叫你大钳子,是说你鲁莽粗心,你还以为是夸你呢?"

"我看师父是在夸我啊,这明明是我的长处嘛。你想啊,师父总不会取笑咱俩吧?"大钳子鱼晃着小脑袋说,又瞪了铁铃一眼,"不像某些小姑娘!"

"师父是提醒咱们师兄弟,干事要聪明一些,多动脑筋,别当傻瓜。"隆头鱼说。

"哦,你们的名字都是师父给起的啊?你们的师父可真风趣啊。他在哪儿呢?"铁铃问。她很好奇两位怪鱼儿的师父会是多么古怪的一条鱼。

隆头鱼说:"师父离开我们很多年了,自那以后,我们就再也没有见过她啦。"

大钳子鱼说:"谁说的,我觉得也就十多年,看来你快把师父忘了!"

铁铃看出来了,大钳子鱼喜欢和师兄顶嘴。

隆头鱼怒道:"我只是说师父消失很久了,心里可没有忘了师父!要不我一年多来这么辛苦到处找继承人干嘛?"

大钳子鱼说:"没有说并不代表没忘啊!你这么久都不回来,你说话不算话!你不仅忘了师父,你连师弟都忘了!"大钳子鱼说着竟然呜呜哭了起来。

隆头鱼看见大钳子鱼哭了,竟然游过去安慰起这个庞然大物来:"好了,别哭了,我也是按照咱俩商量好的,一直在寻找《遨海录》的继承人呀。你在家看守《遨海录》辛苦啦。你不知道,我在各个沙滩寻找,不知道经历过多少危险。还好,终于被我找到了这丫头,你应该高兴啊。"他边说边用鱼鳍右手拍着大钳子鱼的肩膀安慰着。大个儿的哭哭啼啼,小个儿的柔声安慰,他们俩也是够有意思的。

大钳子鱼呜呜哭了一通，似乎心里痛快多了，他终于止住了哭，问隆头鱼："你怎么知道这丫头能继承《遨海录》？"

隆头鱼说："你记得么？师父当时说了三个条件：第一，最好是人类；第二，心地要好；第三，要有天赋。第一条她直接满足；第二条，当时我被贼鸥困住，她跑来救我，自然是心地很善良；第三条，她救我时，可没有像一般孩子那样，直接跳到青石坑里，而是用一根树枝，将前端扎成一个圈儿，把我捞出去的，要是直接捞，不用说，可能被我故意咬一口，吓得哭起来的。我觉得她很聪明。"

"嗯，听起来也比我聪明了。那么，她肯做咱们的徒弟吗？"大钳子鱼问隆头鱼。

隆头鱼小声说："只能说很有可能。这丫头对《遨海录》很感兴趣的。"

这几句话，他俩说的声音很小，铁铃什么都没听清。

大钳子鱼大声对铁铃说："我看你这丫头很聪明，我想把我的名字送给你当见面礼。以后我就不叫大钳子了，你叫大钳子吧。"

铁铃吓了一跳，心想："我可从来没有收到别人的名字当见面礼啊。"她赶紧摆手摇头："不，不，你用惯的名字，我怎么能要？再说，我有名字，我叫铁铃。"

大钳子鱼大声说："哦，原来你叫铁铃啊。嗯，铁铃，铁铃！铁做的铃铛，叮当清脆，又结实耐用，这名字也不赖嘛。"看来像铁铃这样天赋好、心地善良的小女孩儿，名字无论如何是不会差的。

"你愿意做我俩的徒弟么？"大钳子鱼严肃地问铁铃。

"什么？我为什么要做你俩的徒弟呀？你俩做我徒弟我还得考虑收不收呢？"

"小脑袋，这是怎么回事啊？她不愿意啊。"大钳子鱼着急地问隆头鱼。

"铁铃啊，你难道不想学气泡信么？我俩还有很多神奇的本领呢，像辨识各种奇花异草、各种奇妙的珍珠贝壳，还有制作百宝囊啊、冰能车啊、草叶鱼啊，等等，等等，哪一个都不比气泡信逊色。"隆头鱼说。

"当然想啊！"铁铃回答道，她心里想："这些本领多奇妙啊，不比大脚爷爷教给哥哥的本领差。"

遨海录

"可是拜两只怪鱼儿为师，会不会被哥哥笑话？"一想到这儿，铁铃又有些犹豫了。

看到铁铃在犹豫，隆头鱼诚恳地说："我们的师父，是一位海豚仙子。有一次她遭遇鲨鱼群的袭击，碰巧被我俩看到了。我们俩当时不知天高地厚，挺身而出去救她，最后却是师父打败了鲨鱼群，救了我们，嘿嘿。但是师父看我们俩很勇敢，就收我们为徒弟，把《遨海录》传给了我们。现在，师父已经很久不见了，我俩也老了，我们要赶紧找到最佳的继承人，把《遨海录》传给他。"

铁铃听隆头鱼说得很诚恳，心里想："原来《遨海录》这么有来头，自己师父的师父，竟然是一位美丽的海豚仙子，那可就大大不同啦。"不知不觉间，她心里已经把两位怪鱼儿当作师父了。

"那我能瞧瞧《遨海录》吗？它真的有你们说的那么神奇吗？"铁铃问。

"那是当然！气泡信、酒杯草、百灵珠、微星草和巨星草，都是《遨海录》上记载的本领，哪一样不神奇？"隆头鱼骄傲地说道。

"不止这些了，还有很多很多，等你看了书就知道了。"大钳子鱼也大声说。

"你快去取《遨海录》吧。"隆头鱼对大钳子鱼说。

"好，好，你们等着我啊！"大钳子鱼说完，转身朝身后岩洞中游去。

趁着大钳鱼取书的时间，铁铃和隆头鱼靠在岩石旁休息。

隆头鱼问铁铃："你以前有没有听说过《遨海录》？"

铁铃摇了摇头，隆头鱼于是对铁铃讲起了《遨海录》的来历。

很久以前，一位年轻的渔夫在马蹄岛附近捕捉到一条锦缎般美丽的鱼，他是一条神仙鱼。他的金鳞像云霞一般绚烂多彩，他的眼睛像水晶一样晶莹剔透。渔夫把神仙鱼从网中摘下来，正要扔进船舱中时，这条神仙鱼开口说话了，他说要不是自己喝了酒，渔夫根本捉不住他。渔夫当然不信。神仙鱼就说，他可以带领渔夫去看一些神奇的东西，要是他说的话是真的，渔夫必须放了他。渔夫笑着答应了。

于是神仙鱼带领渔夫看了百灵珠、气泡信、日月灯、甘露盏、鲨车、冰能车等各种神奇的事物。等到这些都看完了时，渔夫心服口服，放了神仙鱼。神仙鱼说，我的酒早就醒啦，其实早就可以逃脱了，看你是个诚实的人，就带你看了这些好玩的东西。现在我还可以带你到别处转转，让你开开眼界。于是神仙鱼带着渔夫在海里游了七天，让渔夫眼界大开。渔夫回来后就在想,鱼儿都能有这么多奇思妙想,人类自称地球上最智慧的生物,岂能不如鱼儿?于是他把看到的奇妙事物都记载了下来,还自己钻研摸索,设计了很多奇思妙想的东西,比如,能打探和传送消息的报信鱼、能变形的钢节海鳗、能听懂海族语的翻译鱼、能够作为运输工具的机械海龟,等等。

但可惜的是,珊瑚王国的人们并不欣赏他的设计,认为那都不过是胡思乱想,根本没法子实现。当渔夫老了时,他把知道的海底秘闻和他的奇思妙想都写在一本书里,取名《遨海录》。不过,人们都把《遨海录》当作一本荒诞不经的书,这让那位渔夫很不开心。他经常含着百灵珠到海里游玩散心。后来他认识了一个砗磲,和砗磲成了好朋友。再后来,那砗磲成了他的徒弟。渔夫把书中的内容都传授给砗磲后就去世了。砗磲后来收了海豚姑娘为徒。砗磲在去世前,拿自己的躯壳作为记忆储存器,记录下《遨海录》的全部内容。这位海豚姑娘后来成了海豚仙子,隆头鱼和大钳子鱼就是这位海豚仙子的徒弟。

遨 海录

讲到故事的结尾处,隆头鱼说:"这下你明白了吧?我和大钳子就是海豚仙子的徒弟,《遨海录》就在我们俩这儿。"

"好神奇的《遨海录》!那位渔民真了不起!"铁铃不禁赞叹道。

"是啊,祖师爷当时也就是缺少原材料,要不他设计的东西,很多都能实现的。"隆头鱼感叹道。

"那现在是不是《遨海录》中的东西,都能制造出来了?"铁铃问。

"这个就交给你来回答啦。"隆头鱼微笑着说,"制造出

《遨海录》中已有的发明创造,也不是咱们学习《遨海录》的目的。其实《遨海录》给咱们提供了想象的起点,你可以尽情发挥,也可以修改推翻它的设计。"

"我明白了,就像我们老师常说的,活学活用嘛!"铁铃点头说。

"不错,不错,活学活用!"隆头鱼点点头赞许道。

又过了一小会儿,只见洞中气泡翻滚,大钳子鱼游上来了,右手钳子上夹着个东西。铁铃看见他夹着的是一只小巧的砗磲壳。

隆头鱼把砗磲壳从大钳子鱼手里接过来,交到铁铃手中:"来,你瞧瞧,这就是《遨海录》!"

此时铁铃只有一只小狗般大小,她双手捧着沉甸甸的砗磲壳,很有些吃力。只见这砗磲壳如鸡蛋般大小,白色里透着烟霞色,比一般砗磲壳晶莹剔透得多,泛出温润的光泽。"这就是传说中的《遨海录》了!"铁铃心里想,可是除了美丽的外观,她实在看不见上面有什么文字。

"这怎么能叫书呢?文字在哪儿?"铁铃一脸的疑惑。

"《遨海录》不是用来看的,是用来听的。"隆头鱼解释说。

"你放在耳朵上听,能听见里面有声音,它说的是海族语,不过你嘴里含有百灵珠,应该能听懂。"大钳子鱼解释道。

铁铃把耳朵凑到砗磲壳的缝隙上,果然,里面传出一个富有磁性的声音:"第二十三,日月灯。在骑手岛附近的星野城,有很多宝石,有白色的太阳石,黄色的月亮石,红色的星星石。挑选一颗太阳石、一颗月亮石、一颗星星石,放在鹿角鱼的三杈鹿角上,可以做成日月灯。在夜晚或黑暗的海底,日月灯能发出明亮的光芒，永不熄灭。如果有一只海龟肯背着日月灯……"

听到这儿，《遨海录》忽然没有了声音。铁铃着急地看着隆头鱼和大钳子鱼："怎么回事？怎么没声音了？"

"你想继续听吗？那就要拜我俩为师。"隆头鱼一脸严肃地说。大钳子鱼跟着也点了点头，表情和师兄一样严肃。

"嗯！我早就愿意拜两位为师啦！"铁铃点了点头。

"不过，想学会《遨海录》可不容易。"隆头鱼说。

大钳子鱼紧跟着说："嗯，不容易！"

"没问题。就凭气泡信、日月灯、甘露盏等这些有趣的名字，我就很想学了！"铁铃笑着点点头。

"那你磕头，拜过师父！"隆头鱼说。

"啊，鱼儿也来这一套？"铁铃笑着问。

她虽然小得跟黄姑鱼一样，可内心里还是当自己是人模人样的，让她给鱼儿磕头，面子上还是有点过不去。

"咱们《遨海录》的传人，自然要讲究尊敬师长。别忘了，咱们的祖师可是一位很讲传统的渔夫呢。我师父海豚仙子，当初也给祖师砗磲下跪磕头了呢。"隆头鱼严肃地说。

铁铃点点头说："的确是这个道理！"她恭恭敬敬给两位师父各磕了三个响头。

"大师父，二师父！"她大声喊道。

"好，好孩子！"隆头鱼和大钳子鱼答应着，脸上露出灿烂的笑容。

大师父隆头鱼说："现在你是《遨海录》的继承人了，你会学到我的所有本领。"

二师父大钳子鱼说:"没错。但那也不过是《遨海录》的五分之一,我会传给你另外五分之一。"

隆头鱼瞪了大钳子鱼一眼说:"你比我掌握的更多吗?你也才掌握了其中一篇,也许还忘了一些。"

大钳子鱼说:"你会的那些花花草草,我看也没什么大不了的。"

隆头鱼说:"师父说了,《遨海录》的本领,不分大小高低,就看学得好不好,巧妙不巧妙,实用不实用。"

大钳子鱼说:"那也是我的本领比你的巧妙、比你的实用,所以她应该先跟着我学。"

隆头鱼摇摇头说:"师弟你啊,就是心急!等我说完好不好?"

大钳子鱼终于不再说话了。

铁铃发觉一个有趣的现象,隆头鱼一喊师弟,就是表示这事情很严肃,大钳子鱼就不敢胡闹了。

隆头鱼道:"铁铃,我给你讲述一下《遨海录》的大概内容,然后我们就送你回家。以后每一天,我们都会在海滩等你,轮流教你《遨海录》。"

铁铃点点头说:"师父,我不是每天都有时间啊。我还要上学呢,还有功课啊。"

隆头鱼吐了个泡泡,为难地问:"那你看你什么时候有时间?"

铁铃回答:"我每星期有两天放假,然后我可以抽出来一天找你们,您看行吗?"铁铃肯每星期拿出一天假期来学一样东西,这可太难得了。要是这样东西是历史、语文或者数学,王后知道了估计会高兴坏了。

大钳子鱼却很不理解铁铃这个课程计划:"那怎么行?那怎么行?那你其他时间都干嘛啊?光玩儿啊?"

铁铃忍不住笑了:"您是不知道,我爸爸妈妈、语文老师、数学老师、历史老师还有七大姑八大姨老师,给我布置了很多任务呢。我可一个都得罪不起!所以我啊,每天都忙得不可开交。"

隆头鱼说:"那好吧,就这样。到时候认真学就可以了。"

接下来,隆头鱼把《遨海录》的内容给铁铃简单介绍了一番。正像隆头鱼之前所说的,《遨海录》共分为五篇,记载了渔夫祖师遨游海洋时见识的奇妙事物,以及他后来的奇思妙想,其中第一篇是海洋植物篇,第二篇是海洋动物篇,第三篇是海洋矿物篇,第四篇是海洋器物篇,第五篇是海洋杂物篇。

遨海录

海洋植物篇写的是与海底植物有关的奇妙知识,共记载了五十多种海洋植物,包括巨星草、微星草、酒杯草、凌云草,以及鱼骨草、虬珠草、梦想树,等等。酒杯草和微星草铁铃刚刚见识过,虬珠草的果实虬珠果,铁铃也算见过,当初铁铃被魔龙乌贼毒伤,哥哥铁铛从百花水母那儿求得一颗虬珠果,救了她的性命。

海洋动物篇,内容是与海洋动物有关的奇妙知识,共写了四十多种海洋动物,包括能翻译人语的海螺、会飞的海龟、会伪装的乌贼、能放电的电鳐、深海虱、暴风鱼、隐身红袍章鱼,等等。

海洋矿物篇,记载了海洋中的珍稀矿物,共有上百种,比如黑冰晶、液态冰晶、蓝冰、余香砂,还包括各种珍珠、宝石、丹丸。铁铃用过的百灵珠,以及大脚爷爷采集睡龙化石做成的伏龙膏，还有刚才铁铃在《遨海录》中听到的太阳石、月亮石、星星石，等等，都在矿物篇有记载。

海洋器物篇，内容包括各种和海洋有关的物品和奇思妙想，共三十多种，如微风瓶、日月灯、甘露盏、报信鱼、铁鲷鱼、伸缩鳗鱼、机械海龟、鲨车、冰能车，等等。

杂物篇包括气泡信、草叶鱼、浪花船、百宝囊等，有十来种。

大师父细细讲来，铁铃眼睛都不眨地听着，只觉得《遨海录》实在是博大精深，奇妙非凡。

"可以说，从学习《遨海录》开始，你就进入了一个奇妙的世界，你会觉得自己被《遨海录》牵引着在奇妙的海洋中遨游，你会觉得自己无所不能，你会觉得这个世界上没有什么不可能的事情。也许唯一该担心的是自己根本无法全部学会《遨海录》中的那些奇妙内容。"隆头鱼讲的是他学习《遨海录》时的体会，他的眼睛里熠熠生辉，充满了对《遨海录》的崇敬。

当初，海豚仙子建议隆头鱼专学海洋植物篇。后来，隆头鱼觉得杂物篇的东西很有趣，又多学了一点杂物篇的内容。大钳子鱼则专攻海洋矿物篇，海豚仙子说矿物篇对大钳子鱼的帮助应该最大，但矿物篇知识太多，而且有些矿物不容易找到，所以学习的难度不小。虽然隆头鱼和大钳子鱼都学得很用心，但仍然没能完整地学完一篇。好在海豚仙子要求很严，他们学过的东西，都掌握得很好。

"有的时候，贪多嚼不烂。不如少而精，这样在关键时候，才能派上用场。"海豚仙子曾经对徒弟隆头鱼说的话，现在隆头鱼又告诉给了铁铃。

第四章

青鳐王的偷袭

隆头鱼抬头看了看海面的天色，对铁铃说："我们今天就说这么多吧，现在送你回家。《遨海录》就由你保管吧，你可以随时有空随时听。但是要注意，它必须放在新鲜海水中保存，最好一刻也不要离开海水。"

大钳子鱼在一旁一直跃跃欲试，想给铁铃传授本领，但隆头鱼一直没有说完，又说的是正儿八经的事情，他也不敢打断。此时，看到隆头鱼就要结束授课，他终于忍不住插话说："师兄，今天我还没有教铁铃呢。"

隆头鱼点头说："嗯，今天时间不多啦，你要不教教铁铃怎么听《遨海录》吧。"

大钳子鱼点点头，神色立马庄重起来，对铁铃说："那，我现在告诉你怎么翻阅《遨海录》。你刚才听《遨海录》，听了一段后没声音了，是怎么回事呢？是因为一页听完了要翻页了。听说你们的课本也是要翻页的，大概是同样的道理。"

大钳子鱼一口气说了一长段话,觉得气不够用,赶紧歇口气再接着说:"怎么翻页呢?是这样的!你想听前面的内容,就掰左边的壳,想听后面的内容,就掰右边的壳。"大钳子鱼说着,从铁铃手中接过《遨海录》。《遨海录》与一般砗磲壳一样,有一大一小两片壳。大钳子鱼用两只大钳子夹住砗磲壳,保持砗磲壳竖立,然后用爪子前端的敖尖掰了一下右边的小壳:"这是往前翻页。"他又掰了一下左边的大壳:"这是往回翻页。"别看大钳子鱼的钳子巨大而《遨海录》显得十分小巧玲珑,但大钳子鱼操作得十分熟练,没有一点笨拙的迹象。看见二师父的大钳子这么灵巧,铁铃心中暗暗佩服。

"你听,这是新的内容了吧?"大钳子鱼把砗磲壳举到铁铃耳畔。

铁铃捧着砗磲壳到耳旁,只听里面传来清脆美妙的声音:"南海有一种海草,形状像陆地的凌霄花藤,它可以逆流生长,水流有多远,它们就能长多远。这种草名叫凌云草。凌云草可用做凌云索,借助凌云索我们可以攀登悬崖飞跃沟壑。"

听完砗磲壳的讲述,铁铃对隆头鱼说:"大师父,你知道凌云草吗?"

隆头鱼:"当然知道,做凌云索的。"

铁铃说:"听《遨海录》中说,流水有多长,凌云草就能长多长,那如果现在我们有凌云索,是不是就可以飞越激流,游到对岸了?"

隆头鱼点点头说:"对啊。"

铁铃说:"那凌云草长到对岸后,还要生长,岂不是很麻烦?到时候穿过海洋,穿过天空,一直长啊一直长,都回不到地球了，岂不糟糕？"

隆头鱼说："不想让它生长，你可以把它的藤尖掐掉。再说，凌云草是逆流生长的，一旦从这头到了对岸，没有了逆向的水流作用，它也就停止生长了。"

铁铃说："噢，我懂了。我再听下一个。"

铁铃又笑着问隆头鱼："师父，讲巨星草的在哪一页？我想看怎么辨识巨星草。我想吃了巨星草变回原样儿。"

"这个就得一页页翻了。同一类的在一篇中，同一篇的内容前后在一起，篇目顺序就是刚才跟你说的从第一篇至第五篇的顺序。"

铁铃说："噢。没有目录和检索啊，看来得背得滚瓜烂熟了才行，要不然翻起来还真费事儿呢。"

"铁铃，你问我一个问题啊！"大钳子鱼眼睁睁看着铁铃一个劲儿问隆头鱼，而自己满肚子知识却被晾在一边，真是心急如焚。

"二师父，我想回家了，怎么办？"铁铃问。

"就问这啊？你，你这是要气死我啊。"大钳子鱼生气道。

铁铃睁大了眼睛问道："二师父，您觉得这个问题简单吗？那您说说，我怎么才能很快到家啊？我看海面这光景，似乎已经傍晚了。我估计天黑之前我是回不去了，肯定要被妈妈骂一顿了。"她说的倒是实情。她肚子不舒服，本来应该在家养病的，结果在海里玩了快一整天了。

隆头鱼说："这倒是我的不对了，我本来答应早早送你回去的。这样吧，我们现在就送你回去。"

"我先上去看看，到底什么时间了。"大钳子鱼说着，往海面游去。

就在这时,五只电鳐不知从哪儿游过来,将三人围了起来。

"《遨海录》肯定在他们手里,把他们围起来!"一只蓝绿斑纹的电鳐说。铁铃看见,正是之前她和隆头鱼见过的那个电鳐。这次他不再是一只鱼,而是带来了四只电鳐,这四只电鳐也都体型巨大。

"大钳子,交出《遨海录》吧!这次你还敢说不知道吗?"蓝绿斑纹电鳐说。

"青鳐王,又是你!"大钳子鱼说。

这蓝绿斑纹的电鳐果然就是青鳐王!铁铃知道青鳐王是电光岛电鳐王国的电鳐大王,因为他身上鲜艳的蓝绿斑纹,所以被称为青鳐王。他是珊瑚海六大怪物之一,凶狠狡诈,手下有两千多只凶猛的电鳐。

"没错,《遨海录》我一定要抢到手!"青鳐王狠狠地说。

"可是你又打不过我。"大钳子鱼摇了摇头,表情看起来十分不屑于跟青鳐王动手。其实他心里很着急,一边跟青鳐王说着话,一边观察着青鳐王带来的手下。

"看什么看?不认识他们吧?"青鳐王得意地说,"他们是我们电鳐王国最厉害的勇士!"铁铃看见那四个新来的电鳐确实都很魁梧,每个都有两米多长,就像一个个大锅盖一般。大钳子鱼比铁铃更清楚自己师徒三人当前的危险处境,他知道这些大家伙放电都很厉害,眨眼间就能放出电流电死人。

只见一只电鳐嗡嗡嚷道:"我叫左哼哼,别让我哼哼,哼起来不要命!"

另一只电鳐也嗡嗡嚷道:"我叫右哼哼。别让我哼哼,哼起来要你的命!"

第三只电鳐也嗡嗡嚷道:"我叫大一号,嘴巴大一号,张嘴你没命!"

第四只电鳐也游上前嚷道:"我叫小一号,嘴巴小一号,吃起来更拼命!"

铁铃心里想:"这名字倒挺配他们的模样的。"只见这四个电鳐一个嘴巴往左撇,一个往右撇;一个嘴巴明显大一号,另一个嘴巴明显小一号。要不是他们凶巴巴的一口一个要人命,铁铃肯定要噗嗤一声笑出来了。

大钳子鱼心里想:"看这模样就看出来了,哪个都很要命啊!看他们的眼睛闪闪发光,肚皮鼓鼓囊囊,放电肯定很厉害。我准备的防电磁石,也不知道能不能抵挡得住?"大钳子鱼吐了几个泡泡,泡泡游到隆头鱼耳边,叭叭叭破了,他给隆头鱼发了一串气泡信,又朝隆头鱼使了个眼色,暗示隆头鱼准备带着铁铃逃走,由自己来抵挡这几只电鳐。

"嘿嘿,没有用的,一个都别想逃!"青鳐王摇摇头,得意地笑了,"我看见小姑娘手上的《遨海录》了!这一次,你可骗不了我,哈哈!"

铁铃说:"现在没有了,我把《遨海录》扔啦!"她展开手,果然什么也没有。其实是隆头鱼把《遨海录》接了过去,一眨眼间,不知藏在哪儿了。

青鳐王恼羞成怒,大喊一声:"动手!"

"慢!别动手,《遨海录》在我这儿呢!逗你们开心一下,何必这么紧张?"大钳子鱼说着,右手大钳子朝自己嘴里伸去,要取出《遨海录》给青鳐王。

铁铃没有想到二师父这么快就认怂了，不禁又焦急又失望。

"二师父，别投降，跟他们打啊！"铁铃一身胆气地对二师父说。

只见大钳子鱼嘴巴嚼了嚼，支支吾吾说道："唔，唔，这就好了！"突然，大钳子鱼身形变大了，变得足有原来三倍大小！他个子原本和青鳐王差不多，现在变得比鲨鱼还大，是青鳐王的三倍了！

原来二师父趁机吃下了巨星草，他不是未战先降！可是他的巨星草从哪儿取出来的？铁铃看着双方斗智斗勇，心里也在暗自嘀咕。

"嘻嘻，现在你能打败我，我就把《遨海录》给你！"大钳子鱼得意地对青鳐王说道。

"好啊，敢耍我！"青鳐王怒不可遏，"打他！"他招呼四位电鳐勇士开打。

电鳐们游动起来，只听哼哼哼哼几声，他们摆起尾巴放出电流，电流射向大钳子鱼。

电流击中了大钳子鱼，他却毫发无损！也不知他的甲壳什么时候变成了铁甲钢盔一般。大钳子鱼大笑着说："师兄你快带着铁铃先撤！等我教训了这几个家伙，就来和你们会合！"

隆头鱼也担心自己和铁铃在这儿待着，万一电鳐过来偷袭铁铃，会有什么闪失。他一拽铁铃道："走！"说着冲向峡谷激流。这时，青鳐王游过来要拦住隆头鱼和铁铃。他放出一股电流，击中了铁铃，铁铃身子一麻，浑身就像僵住了一般。幸亏青鳐王刚放过电，电流已经不那么强烈了，否则，铁铃的小命就危险了。

看见铁铃遭受攻击,隆头鱼情急之下,只好用自己带尖刺的背鳍去撞青鳐王。隆头鱼没来得及吃巨星草,个子比青鳐王要小很多,但青鳐王还是害怕被隆头鱼背鳍的尖刺扎伤,赶紧闪开了。隆头鱼趁机用鱼鳍右手在岸边拽过一条绿色的草藤,捆在铁铃身上,说道:"这就是凌云草,咱们快进激流,到峡谷对面去!"说着自己也捆了一圈,只见凌云索向前迅速生长,就像一条绿蛇正在蜿蜒前进穿过激流。青鳐王追过来,想拦住隆头鱼,搜他身上的《遨海录》。他没有留意到身下的峡谷激流,一不小心被一股强劲的水流卷了进去,转眼间就消失在了凶猛的激流中。

铁铃紧紧握着凌云草,感受着头上的强烈漩涡和脚底下的迅猛激流。她笑着对隆头鱼说:"师父,这很有些腾云驾雾的感觉啊!看来电鳐们很怕这峡谷激流,青鳐王被卷了下去,不知道还有没有命了?"

隆头鱼说:"不知道他会不会送命。鱼儿在海底可不是哪儿都能游的,漩涡和激流就是危险的陷阱,万一被卷进去了就会没命。像电鳐这种又大又笨的鱼儿,更是不能轻易游进峡谷激流,你在激流中可曾见过大个儿的鱼?"

铁铃摇摇头说:"没有。"

突然她眼睛一亮:"二师父!二师父不是在激流中上上下下游了好几趟吗?他怎么一点事儿没有?"

"二师父?你二师父有多厉害,也许你还不知道。这么说吧,幸亏你二师父是个吃草和虫子的好鱼儿,要是他是一个像青鳐王这样的大坏蛋,那么这海洋里头号恶魔的称号非他莫属了!"

说话间,两人已经腾云驾雾般到了对岸。过不一会儿,大钳子鱼在激流中哐哐哐渡水而来,身子周围水泡四射,气势非凡。经过跟青鳐王这一战,铁铃彻底改变了对二师父的看法:"大师父和二师父都这么厉害啊!我太幸运了,竟然能拜他们为师!"

大钳子鱼到了岸边,得意地说:"幸好我提前吃了防电磁石!终于痛痛快快地教训了这些想要人命的哼哈勇士,把这些家伙打得只剩下哼哼哈哈啦!"

"二师父,你是怎么教训他们的?快给我说说。"铁铃最喜欢听坏蛋被打得七零八落夺路而逃的事了。

"我吃了防电磁石,就不怕他们的电流了。我还吃了巨星草,变得有这么大个儿,他们五个一起上也打不过我,反倒被我打得哼哼哈哈的。我还趁机把这几个家伙的胡须咔嚓咔嚓都剪了!"说着,大钳子鱼举起右手钳子,给铁铃看手中夹着的几根胡须。

"杀杀他们的威风!"大钳子鱼神采飞扬地说,"我还警告他们,如果再来,就剪尾巴!还来,就让左哼哼变成右哼哼,右哼哼变成左哼哼,大一号变成小一号,小一号变成大一号!哈哈。"

"二师父,这是怎么个整法?"铁铃有些不理解。

"我有大钳子啊,照嘴巴嚓嚓嚓一顿乱剪,就给他们整形了啊!"

听了大钳子鱼的话,三人一起哈哈大笑。

"青鳐王来追我们,掉到激流中卷走了,也不知道是死是活。"隆头鱼对大钳子鱼说。

"管他呢,再遇到他,就再好好教训他一顿!"大钳子鱼斗志昂扬地说。

遨海录

隆头鱼趁机用鱼鳍右手在岸边拽过一条绿色的草藤，捆在铁铃身上，说道："这就是凌云草，咱们快进激流，到峡谷对面去！"说着自己也捆了一圈，只见凌云索向前迅速生长，就像一条绿蛇正在蜿蜒穿过激流。

"就怕他带来更多的手下。他手下有两千多电鳐呢,一起放电的话,咱们就惨啦。"隆头鱼还是有些担心。

"有我在,你们就放心好啦。我会保护你们两个小家伙的,哈哈!"大钳子鱼哈哈大笑着说道。

"哦,对了,二师父,你刚才从哪儿变出来的巨星草?还有,你的防电磁石是什么样的?给我来一点吧!我被青鳐王电流击中了,浑身都麻住了!"铁铃心里有疑问,是怎么也憋不住的,趁机全部倒了出来。

"这个嘛,我以后慢慢教你。一下子全都讲了,你也记不住啊。"大钳子鱼卖起关子来。终于在徒弟面前展示了些本领,他的心情很不错。

铁铃现在对二师父很是敬仰,不敢撒娇造次,再多疑问也只好忍住,不再追问下去了。

第五章

远赴冰川王国

三人接下来商量怎么快点送铁铃回家。

隆头鱼道:"刚才又被青鳐王耽误了一阵子。咱们如果在峡谷外游回仙玉海滩,怎么也要到深夜了吧。"

大钳子鱼点点头说:"是啊,从这儿到仙玉海滩可不近啊。而且,说不准青鳐王这家伙会不死心的,要是他叫几百只电鳗埋伏在咱们的必经之路上,咱们肯定被电流电成网眼啦。"

铁铃急忙问:"那可怎么办?您一定要想想办法。《遨海录》里有没有什么好办法?"

"咱们用凌云草能行么?凌云草拽着咱们沿着黄林峡谷逆流而上,咱们一路就到了仙玉海滩。"大钳子鱼出了个主意。

隆头鱼白了他一眼说:"你觉得凌云草的生长速度比我们游水的速度,哪个更快呢?"

大钳子鱼拍拍小脑袋:"昏招,昏招!那鲨车呢?"

隆头鱼摇摇头道:"鲨鱼也不比咱们游得快啊,再说现在到哪儿去找一头鲨鱼？还要他愿意给咱们当车子使？"

大钳子鱼抱怨道："器物篇不是我的强项啊。你不是看了不少稀奇古怪的东西吗？你倒是想一个好办法啊。"

隆头鱼说："师父说过，《遨海录》里最快的车子是冰能车。只不过冰能车在冰川王国才有原材料，那儿离仙玉海滩比这儿还远。不过，只要找到冰能车，今天就一定能赶回仙玉海滩。"

大钳子鱼问："你是说到冰川王国造一辆冰能车，然后从那儿开冰能车到仙玉海滩？"

隆头鱼道："对。那样应该会更快、更安全！"

大钳子鱼说："那我们就赶紧去吧，还等什么？去冰川王国怎么走？"

隆头鱼说："巧得很，顺着峡谷激流游到尽头，就是寒冰极地冰川王国。"

大钳子鱼吃了微星草恢复了正常大小，而铁铃仍然保持着一个小黄姑鱼的样子。三人准备妥当，跃入了峡谷激流，隆头鱼在前面开路，铁铃在中间，一起往冰川王国游去。

三人中大钳子鱼身体最庞大，游得最慢。隆头鱼不住回头催促他："师弟，你越来越慢啦。"大钳子鱼不好意思地说："我已经尽力了。要不你们先去，我随后赶到？"

铁铃连忙说："两位师父，别太着急。"她又自我安慰："我想，只要我今天能回家，妈妈应该就不会很生气吧？顶多骂我一顿。"她想起了自己以前常常耍的小把戏：每次晚归时，只要她渲染一番路上的惊险经历，妈妈最后都会拍着胸口说："好险好险，平安就好。"然后让她赶紧乖乖睡觉。

"快黄昏了，你出来快一天了吧？"隆头鱼问铁铃。

"嗯！"铁铃点点头，"快到了吗？冰川王国？"

"没有，还有一小半路程吧。"

过了差不多一个小时，铁铃感到海水越来越冷，似乎是冬天来临了一般。隆头鱼游到激流岸上采摘了一些像小西红柿一样的果子，分给三人，每人一颗。

"这是什么？"铁铃问。

"火焰果。"

"这儿这么冷，还能长火焰果？我看它应该叫冷冻果什么的才对。"铁铃摇摇头不解地说，"一定是海洋女神怕鱼儿们冻着了，因此将这种耐寒生温的果子种在这儿，赐给动物们吃。"

隆头鱼说："自然界的现象，相生相克，这样才能平衡安宁。最炎热的地方，可能有最甘甜的泉水；最美的花朵旁，可能有最毒的蛇虫守护。这儿这么冷，因此长一些火焰果，刚好可以给咱们果腹取暖，也许就是这个道理。"

大钳子鱼说："我听师父说过一种滴火灯，它的火种是从海洋最深的地方采集到的最细腻的沙子，盛放在一种从没有见过阳光的最坚硬的海螺壳里，在有阳光的地方让沙子经受阳光照射，这些沙子就能点燃了，发出明亮的光彩，在海水里也不熄灭。这也是物极必反的例子吧。"

"好神奇啊。"铁铃赞叹道。

"还有，之前我给你的微星草和巨星草也是一例。微星草是蓝鲸的粪便长出的花，蓝鲸很大，微星草也很大，但是吃了微星草却能让我们的身体缩小。而巨星草呢，它是一种微型海马的粪便沉落海底发芽后开的花，海马很小，这种花也很小，吃了它却能让我们的身体膨胀变大。"隆头鱼说。

"吃微星草和巨星草会不会有点恶心?"铁铃笑着说,"那可是粪便长出的花啊。"

隆头鱼说:"怎么会?花就是花。正是因为大家都对这些花不感冒,加上这种花儿很不起眼,所以没有几个人知道他们的神奇功效。"

大钳子鱼接着说:"包括咱们要做的冰能车,也是这个道理。它要用到一种特殊燃料——蓝冰。那蓝冰我最了解了,是一种矿石,特别硬,用我这钳子,根本抓不出一点印儿。这很难开采了吧?可是别担心,在蓝冰四周有像泥团一样的软岩,这样根本不用费力开凿,扒开软岩,就可以得到一块块蓝冰了。这也是刚柔相生相克的例子了吧。"

三人边游边说,也不觉得累和冷了。又过了十多分钟,黄林峡谷已经流到尽头,水流埋头向下,沉入深渊。水流表面覆盖着白色冰层,两岸山石也覆盖着白色冰层,地势渐渐抬高,上升到海面。海洋表面也被冰层覆盖着,越往前游冰层越厚。在两层冰之间是纯净而冰冷的海水。遥望尽头,一座巨大的冰山刺出水面。

"到了,冰川王国。"大钳子鱼和隆头鱼齐声欢呼。他们都曾经跟师父来冰川王国学习过《遨海录》的相关内容,对冰川王国还依稀记得,故地重游,欣喜异常。

就在这时,铁铃听到海面传来一阵撕心裂肺的号叫,像是野兽的哭号。号叫声中的悲伤和绝望,让本来聊得正起劲儿的三人心里都感到一阵战栗,他们顿时安静了下来。

"是冰熊?"过了一会儿,隆头鱼问道。

"是冰熊！"大钳子鱼说，"他怎么了？"

隆头鱼摇摇头说："不知道，也许受伤了？"

"那，要不要上去看看？"铁铃问。

"不要，我们俩上不到冰面。"大钳子鱼说，"就算我们有办法上到冰面，现在也不能去，冰熊会吃了我们的。"

"这么可怕？"铁铃问。

"再厉害的鱼儿到了岸上也没有脾气。"大钳子鱼肯定地说。

"时间不早了，咱们快分头去找蓝冰。大钳子往北，我和铁铃往南。"隆头鱼分配任务道。

"为什么是你们俩？而不是我们俩？我为什么一个人去？"大钳子鱼对这个分组很不满意。

"你一直说自己的大钳子如何威武，现在该你露一手了，怎么害怕了？"隆头鱼笑着说。

"不是害怕，是不热闹。"大钳子鱼不满地说。

隆头鱼没有理他，朝南游去，铁铃跟在大师父身后。

海水已经很浅了，像冰一样冷的海水。越冷的海水越清，清得发蓝，能透过所有的阳光，把阳光也染成蓝色。

"蓝冰是蓝色的，就算被冰雪覆盖着，也应该能透出一点蓝色吧？咱们找蓝色的冰川去。"隆头鱼对铁铃说。

"要不要找一头冰熊问问？他们是这里的主人，肯定知道哪儿有蓝冰。"铁铃建议。

"这个主意不错。"

第六章

勇救冰熊小绒

两人找到一个冰窟窿,也许是冰熊捕鱼留下的,铁铃准备从这儿上去看看。

就在这时,冰面上传来的哭号声更清楚了:"绒儿,绒儿!谁救救我的绒儿!"

铁铃心里一震:"好像是冰熊妈妈的孩子受伤了?"

"那咱们去看看,如果救了冰熊的孩子,她们说不定会告诉咱们哪儿有蓝冰。"隆头鱼说,"不过我不上去啦,你上去看看他们怎么了,有什么危险赶紧跑!我在这儿等你。"

隆头鱼又像变戏法一样,从嘴里吐出一枚巨星草,说:"你含在嘴里,跃上冰面后再吃下。"

铁铃按照隆头鱼的吩咐,先跃上冰面,然后咽下巨星草。这时她变回了原来的大小,一个十一岁的小姑娘。在海里游了这么久,突然踩上冰面,铁铃感觉有些摇摇晃晃的不适应,这种感觉真奇怪。铁铃索性手脚并用趴在冰面上,朝不远处的冰熊母子慢慢爬去。

看到有人过来，冰熊妈妈发出低沉的吼声："什么人？别过来！"

铁铃在离冰熊妈妈四五米远的地方停下来。她看见冰熊妈妈怀里的小冰熊，是个冰熊妹妹的打扮，不过她已经受了重伤，发出呜呜的哀啼，身子不住颤抖。她的肚皮被划破了一道深深的口子，流了很多血。冰面上的鲜血已经凝结，留下了一道长长的血迹。顺着血迹往前看，是一个斜坡，斜坡往上是冰山，再往上是更高的冰山。隐约可见冰山西侧有白色、蓝色和黄色的冰块砌成的房屋和城堡。

遨海录

"看来小冰熊不小心从斜坡上滑下来被锋利的冰尖划伤了。"铁铃猜想。

小冰熊还在呜呜哀啼。在如此寒冷的地方，伤口会冻坏的，再拖延下去，小冰熊必死无疑。冰熊妈妈显然也在担心女儿会死去，她的声音也哭嘶哑了："救救，救救我的绒儿！"她心里对铁铃也不抱什么希望，只是下意识地哭泣着。

铁铃看着不停颤抖的小冰熊，心里想："怎么才能帮助她呢？冰熊妈妈不会咬我吧？"

冰熊妈妈眼看附近没别的同伴，而铁铃又一动不动地盯着自己母女俩看，她心里警惕起来："她不会趁机把我们母女都吃了吧？"但她看到这女孩的眼神里充满了关切和怜悯，又觉得铁铃是可以信任的。她对铁铃说："求求你，帮帮我们，帮帮我们！"

铁铃为难地问："可是，我该怎么办呢？我要怎么做才能帮到你们？"

冰熊妈妈哭泣着说："我不知道，我不知道，也许，我只是想要我的丈夫在我身边。"

小冰熊的气息十分微弱:"爸爸,爸爸,我要爸爸。"她用手揉了揉眼睛,手上的血渍涂上了眼眶和睫毛,又晕了过去。

冰熊妈妈终于下定了决心,她对铁铃说:"我去找我的丈夫,你最好走开,否则我会吃了你。"

铁铃关切地说:"你放心,我不过去,我就在这儿远远看着她。如果她醒了,我会告诉她,你去找她爸爸去了。"

冰熊妈妈紧张的脸色缓和了一些,她点点头轻轻放下小冰熊,朝冰山的东侧跑去。

过了十多分钟,冰熊妈妈还没有回来,小冰熊也没醒,铁铃怀疑这个小冰熊是不是已经死了。

就在这时,一队冰熊开着白色的车子浩浩荡荡驶过来,他们边行驶边唱着歌儿。

"大海上插着冰山,
冰山上跑着冰熊。
我们冰熊采矿忙,
我们的鼻子红通通,
我们的眼睛黑又亮。

蓝冰山展翅欲飞,
飞越云阵和重洋。
鱼儿肥美冰峰雄壮,
钻山入海我们劳动忙,
我们的歌声豪迈响亮。"

冰熊车队驶近铁铃时，只听一只冰熊喊道："快看，有冰熊受伤了！"

另一个声音喊道："还有一个人在旁边！"

像冰雕一样的汽车在小冰熊身旁戛然停下，众冰熊跑到小冰熊身边。

一个大耳朵冰熊喊道："啊，是小绒，她受伤了！"

另一个眼圈有黑纹的冰熊说："啊，她流了这么多血，我最怕血了。她会不会已经死了？"

一个极其雄壮、额头有棕色斑纹的冰熊，拨开众冰熊来到小冰熊身旁："绒儿，绒儿，你怎么啦？你别死啊，我的乖乖！"

遨海录

这时大耳冰熊指着铁铃问："是不是你害死了小绒？"

铁铃早就想解释是怎么回事，这时连忙说道："当然不是，你看我打得过她吗？"

黑眼圈冰熊说："你们人类都很狡猾，你一定打得过她，还把王后抓走了！"

这时，棕斑冰熊霍然站起来，说："抓住她！给绒儿报仇！给王后报仇！"

铁铃赶紧往冰窟窿跑，冰熊们朝她追过来。离隆头鱼接应的冰窟窿虽然才七八米远，但是铁铃觉得无论如何是跑不过去了，她感觉自己一定会被冰熊抓住撕成碎片了。

"大师父，救命！"铁铃边跑边喊。

铁铃手脚并用爬向冰窟窿，就在离冰窟窿还有两米来远的时候，她听到冰窟窿里传来二师父大钳子鱼的声音："快，你还有什么好草，都给我吃了，我去救铁铃！"

大钳子鱼本来是独自一人到另一边找蓝冰的，走了一段路，觉得没有意思，便又转回来了。刚找到隆头鱼，就听到铁铃的呼救声。他知道冰熊很危险，便要隆头鱼把他能用的仙花仙草都拿出来给自己，他吃了变得强大了才好去救铁铃。

隆头鱼说："我在找！我的百宝囊里只有幻影草了，你要不要？"

大钳子鱼说："拿来，拿来！都拿来。"

"二师父，救命！"铁铃刚喊了两句，就被一只大爪子扑倒在地，是棕斑冰熊拍倒了她。铁铃重重地摔在冰面上，脑袋撞到了冰上，疼得几乎晕了过去！

"糟糕，要肿包了，不知道几天能消下去？"铁铃心里闪电般想着。

"去，赶紧下去救王后，他有同伙在窟窿里，王后肯定被他们抓走了！"棕斑冰熊命令他手下的冰熊。

扑通，扑通，七八只冰熊纷纷跳入冰窟窿。

在水中，隆头鱼和大钳子鱼已经听到了冰面上发生的事，知道误会一时说不清了，而这些下来的冰熊肯定会拼命的，一场恶斗是避免不了了。

大钳子鱼吃了幻影草，刷刷刷像流水线生产机器人一样，变出了七个一模一样的大钳子鱼，连同大钳子鱼自己，一共是八个。只听八个大钳子鱼异口同声地说："师兄，怎么办？你先逃跑吧？我跟他们打一架，然后去救铁铃。"

隆头鱼怒道："跑个屁啊，铁铃会没命的！你打上去啊！"

八只大钳子鱼齐声大喊："好，打上去，救铁铃！"

不过，还没等大钳子鱼们打上冰面，跳下水来的冰熊们已经扑了过来,双方展开了一场恶战。八只冰熊和八个大钳子鱼捉对厮杀。两方块头差不多,战斗力也差不多。冰熊皮糙肉厚,大钳子鱼在水下占据地利,双方斗了个旗鼓相当,呼呼喝喝叫骂声一片。

就在这时,冰窟窿上传来棕斑冰熊的喊声:"住手,住手,别打了!"

一只正在战斗的冰熊大喊:"没事,这家伙坚持不住了,我马上就要拗断他的钳子了!"

他对面的大钳子鱼也大喊:"我要抓烂你的鼻子!剪掉你的耳朵!"

冰面上棕斑冰熊趴在冰窟窿旁喊道:"别打了,打错了!王后回来啦!"

水下的冰熊齐齐住了手,对面的大钳子鱼趁机占便宜,有的剪掉了冰熊一撮毛,有的踢了冰熊一屁股,嘴里还在教训着冰熊:"你们这些笨蛋家伙,搞清楚再打架不行吗?"

在隆头鱼的喝止下,大钳子鱼们好不容易都停了手。

冰面上,冰熊妈妈正在给铁铃揉脑袋上刚撞出来的包。原来她跑去了采掘蓝冰的工地,没有找到丈夫,就赶紧跑回来看女儿。回到这儿,正看到丈夫扭住了铁铃,连忙拉开丈夫,三言两语对丈夫说清了女儿受伤的经过。

棕斑冰熊知道了事情原委。原来是妻子带着女儿小绒出来玩儿,顺便想迎接爸爸回家。谁知小绒一个不小心,从山上滑了下来,肚子被尖锐的冰凌划伤了,昏迷不醒。妻子跑去找自己了,留下小绒一个人在这儿躺着。面前的这个小女孩则是突然从冰窟窿下冒出来的不速之客，自告奋勇守着小绒的。

误会解除了，棕斑冰熊连忙跑去冰窟窿劝开打斗的双方。

冰熊妈妈将小绒抱在怀里，拉着铁铃的手，不好意思地说："对不起，对不起，是我们的错。"

棕斑冰熊也点头说："唔，是我们的错。对不起！"七八个从冰窟窿里爬上来的冰熊你看看我，我看着你，也嗡嗡地附和着："唔，唔，对不起！"

铁铃连忙说："我这点小伤没事的，咱们赶紧看看小绒妹妹吧！"

于是大家都跑过去查看小绒的伤势。铁铃探了探冰熊小绒的鼻息，发现尚有呼吸，只是很微弱。

棕斑冰熊夫妻看着昏迷不醒的女儿，一筹莫展。周围围坐着的二十多个冰熊也都眉头紧锁，一筹莫展。连同刚从水里爬上来的冰熊们，也都伸脖子看着小绒，一筹莫展。

铁铃说："我去问大师父，他肯定有办法！"说着铁铃往冰窟窿跑去。

在冰窟窿里，隆头鱼正跟大钳子鱼和幻影草变出来的七个一模一样的幻影大钳子鱼争吵不休。七个幻影大钳子鱼正玩得起劲儿，都不肯消失掉，都说要再好好玩玩儿。

隆头鱼对大钳子鱼说："时间越长，对你身体损伤越大，你会昏迷更长的时间。你的七个幻影兄弟多玩十分钟，你就要多昏迷七十分钟，他们多玩二十分钟，你就要多昏迷一百四十分钟，你不担心啊？早点吃了消解草，让他们消失吧。"

大钳子鱼摇摇头说："我还从来没有体验过有七个兄弟的感觉，他们想再玩一会儿，就再玩一会儿吧，我不能亏待我的兄弟们啊。"

隆头鱼说："他们已经玩了十分钟了，再玩儿他们就回不去了，你就替他们回去啦！"隆头鱼吓唬他说。

大钳子鱼一听这话，连忙说："消解草呢？赶紧给我。"消解草是消除幻影草功效的，大钳子鱼吃完消解草，他的七个复制品兄弟立刻挥了挥手向他告别，嘻嘻哈哈消失不见了。

这时铁铃才有空说话："大师父，快点救救小冰熊，她被冰凌划伤了。"

隆头鱼问："被冰刃划伤啦？伤势怎么样？"

铁铃连忙把小绒受伤的情形和伤口情况给师父讲了一遍。

隆头鱼道："我知道有一种鱼骨草，长得像两排牙齿一样，放在伤口上，能自动缝合伤口，还能使伤口快速愈合。"

"这也是《遨海录》上记载的？"铁铃问。

"当然。"隆头鱼说，"这么神奇的鱼骨草，只能在《遨海录》上找到！"

隆头鱼对铁铃说："你上去告诉他们，我手头没有这种草，我这就去找鱼骨草去，让他们别着急。"大钳子鱼扶铁铃爬上冰窟窿，铁铃跑去告诉冰熊们。

大钳子鱼自言自语道："我怎么感觉特别困？感觉欠了我自己一大觉，这就要睡啦！"说完，他就在冰窟窿旁边睡着了。

隆头鱼看着沉沉入睡的师弟说："你这一睡，要睡七八十分钟呢，看你还逞能。"

说完，隆头鱼朝来时的方向游去，去寻找鱼骨草。据《遨海录》记载，鱼骨草常在海里海狗或冰熊的骨头旁生长，由这些动物死后的血肉滋润长大。他觉得这附近冰熊这么多，海里

遨海录

应该长有鱼骨草。

过了二十来分钟，隆头鱼回来了。这时铁铃已经回到了冰窟窿旁照看着二师父。他看到大师父鱼鳍右手中拿着一根长长的水草，水草茎上有两排齿状的叶子，就像两排整整齐齐的鱼骨一般。

"怪不得它叫鱼骨草，还挺像。人的名字或许会起错了，但动物或植物的名字，却都很形象。"铁铃心里想。

"大师父，你真行，这么快就找到了！"铁铃高兴地说。

"嗯，很幸运！你把这个拿去，贴在小冰熊的伤口上，这两排叶子，会自动收拢伤口，帮助伤口愈合的。"隆头鱼说。

"好的。"铁铃回答。她从师父手中接过鱼骨草，朝小冰熊跑过去。

这时，小绒仍昏迷着。王后抱着女儿，轻声对她说着话："绒儿，宝贝，姐姐马上拿药来啦，你会好的。"现在冰熊们把治愈小绒的希望都放在了铁铃身上，他们觉得人类"诡计多端"，应该有办法。

铁铃拿着鱼骨草半跪在小绒身旁说："小绒，让姐姐来给你把草药敷上，你会好的。"

冰熊妈妈抱着女儿，让小冰熊侧卧着，伤口对着铁铃。

只见小冰熊伤口上的血已经流得差不多了，露出鲜红的肉。冰熊妈妈看着这触目惊心的伤口，心里别提多疼了。铁铃把鱼骨草顺着冰熊的伤口贴在肉上。她要保证鱼骨草和伤口的创面紧密贴合，因此难免触到小冰熊的伤口，小冰熊在昏迷中仍疼得四肢颤抖，不过她很坚强，紧紧抱着妈妈的胳膊，咬紧牙关，没有哭出声来。

接着，铁铃和冰熊妈妈看见神奇的事情发生了！鱼骨草和伤口上的肉长在了一起,鱼骨草的叶子慢慢收缩,把伤口拉紧敛合,渐渐地伤口只剩下了一条缝,又过了一小会儿,鱼骨草露在伤口外的叶子变成了小冰熊肌肤的一部分,伤口竟然完全愈合了,皮肤上只剩下了一条白色的印痕!

　　熊妈妈用她毛茸茸的手轻轻摸了一下那白色的印痕。"天哪,"她惊叹起来,"简直难以相信!"她握着铁铃的手:"哦,太谢谢你啦!是你救了绒儿,救了我的宝贝。你知道,如果绒儿活不了,我也不知道该如何活下去了。"

　　铁铃摇了摇头,表示不用客气。她只是一个劲儿摇头,不知道说什么好,心里觉得美极了。能够帮到别人,确实值得美,怎么美都不过分。

　　不久,小绒醒了,她虽然有些乏力,却很兴奋:"妈妈,是姐姐救了我吗?让姐姐到咱们家去玩吧,我有很多好吃的要给姐姐吃。"她说着,目光热切地看着铁铃。

　　冰熊妈妈说:"傻孩子,姐姐可吃不了你的零食。"

　　小冰熊奇怪地问:"怎么了,姐姐还有事吗?她要走了?"

　　冰熊妈妈说:"姐姐来这儿,肯定有事吧?她的朋友还在等着她呢。"

　　"哦,对了。一直没有问你,你叫什么名字?来我们冰川王国有什么事吗?我丈夫是冰川王国的国王,如果有什么我们能帮忙的,我们会尽全力报答你的。"冰熊妈妈问铁铃。

　　"我叫铁铃,我没什么事,就是想找点蓝冰。"铁铃不好意思地说。她并不愿意在帮助别人后提自己的困难,那样好像有些希望对方回报的意思。虽然她平时是一个开朗的女孩儿,可是在这种时候,还是有些脸红,真是一个奇怪的小女孩儿啊。

第七章

开冰能车回家

棕斑冰熊问:"哦,你找蓝冰干什么?蓝冰是我们的国宝,一般人不知道的。"

铁铃心里想:"既然是人家的国宝,肯定不方便给啦。就算人家给我,我也不好意思要啊。"她心里自嘲地说:"都是熟人了,也不好意思去偷去抢啊,被抓住了不好交代,嘿嘿。"

铁铃心里虽然很失望,但仍然礼貌地回答:"哦,我们原本想做一辆冰能车的。"

冰熊国王问:"做冰能车干嘛?"

"回家。我想早些回家,我的两位师父说,冰能车很快,所以我们就从环香屿顺流而下,来到这里,想做一辆冰能车,然后开着冰能车快些回家。"

冰熊国王说:"做冰能车可不简单啊,不是有了软岩和蓝冰就能做出来的!"

"我师父跟我说,用坚冰做车身,用软岩做配件,把蓝冰块粘在坚冰上作为发动机,就能做成冰能车了。"铁铃想证明自己知道怎么造冰能车。

"那是好几十年前的事了。那时制作的冰能车,怎么能和现在的冰能车比?"国王拍了拍他身旁的大块头越野车,"我们这儿都是冰能车。你看我这辆车吧,用来制作一体化车架底盘的模具,是我们的国宝,用来加工蓝冰的冰能钻,也是国宝。我这辆车,比起几十年前的车,不知快了多少倍,舒适了多少倍!更重要的是,这辆车在温暖的海水里行驶也不会融化,因为我们现在用的蓝冰发动机,不仅能提供永不枯竭的动能,还具有冷却作用。"

铁铃看着这辆表面有冰花装饰的冰能车,十分羡慕,她心里想:"我要是开着这辆车回去,哥哥会不会羡慕得流出口水来?这科技含量,啧啧啧,比他的那些快艇,可强得太多了。"

冰熊国王说:"你刚才说你师父对你说的冰能车的秘密,其实我们最初制造冰能车的方法,还真是几十年前你们人类告诉我们的。"

铁铃惊奇地问:"是吗?"

冰熊国王点点头说:"大约一百年前,很多人类到我们这儿猎杀我们冰熊。一个年轻人从翡翠岛来到冰熊王国,他也像你一样,会说我们的话。他说愿意帮助我们抵御人类的捕杀,我们当然不信他。结果他就单打独斗,发明了很多新奇的武器对付来这儿的猎人,他发明的东西中,有一个就是冰能车。他在蓝山上发现了蓝冰矿,又想办法用沉船的残骸制作了汽车模具,最后发明出了这种能运动的冰能车。后来他在抵御猎人的战斗中受了伤,我们的先祖被他的行为感动了,和他成了好朋友，一起并肩战斗。我们听从他的建议，在冰川王国边界设置了很多障碍和迷宫，自那以后，就再也没有人类敢来侵犯我们了，几十年来你是第一个不速之客。"

"那我还是老老实实回去吧。听您这么一说，等我们做好冰能车，还不一年过去了？那时我逃学一年，都能破纪录了。"铁铃自我解嘲地说。

冰熊国王一脸歉意地说："实在抱歉呐，作为冰川王国的法则，我们不能告诉陌生人蓝冰在哪儿，也不能送给陌生人蓝冰，我作为国王也不能例外呀。"

"没关系。能来看一看，就已经大开眼界了，还认识了这么多新朋友，挺好。"铁铃朝小绒笑了笑说。

冰熊国王话锋一转，笑着说："不过你救过绒儿，是我们的恩人，也是我们的朋友，我愿意借你一辆冰能车，让你快点回到家。"

铁铃问："那怎么行？我把冰能车开回家了，怎么给您送还回来呢？"

冰熊国王说："我这车会自己驶回来的。其实你救了绒儿，我应该送你一辆冰能车才对。可惜冰能车不能在冰川王国以外的地方长久停留，这是我们国家的重要法规。"

铁铃连忙说："您不用不好意思呀，能借用一下冰能车我就已经心满意足啦。"想象着哥哥看到冰能车时又惊讶又羡慕的表情，她觉得能借一辆冰能车兜兜风已经相当不错了。

冰熊国王说："如果我猜得不错的话，你应该和一百年前那个年轻人有关，要不你怎么能轻易来到冰川王国？"

铁铃笑着说："我猜测那年轻人可能是我师祖。冰窟窿里是我的两位师父,就是刚才和你们打架、后来又找到鱼骨草的两个古怪鱼儿。"她觉得不该背后说师父的不是,又补充说:"他们虽然脾气古怪,其实都是很热心又本领高强的鱼儿。"

冰熊国王看看不远处的冰窟窿,也笑了,说道:"我们都看出来啦,他们热心又本领高强,真是了不起!我们全家现在就一起去感谢他们救了绒儿。"

铁铃连忙说:"他们说不必啦,他们很怕麻烦,尤其不愿见到比他们还威猛的生人,嘻嘻。而且,大师父正忙着照看二师父,确实没有时间,就这样啦。"本来大师父叮嘱她跟冰熊国王要蓝冰和软岩做冰能车用,现在也不用说了,国王都答应借给她一辆冰能车了。

冰熊国王说:"那好,你要是着急回家,现在就可以开着我的冰能车走啦。真心欢迎你随时回来玩儿。"

小绒跑过来,伸出胖乎乎的手摇着铁铃的手说:"姐姐,你就留下来嘛。你看,天还早着呢。"

铁铃笑着说:"这儿天黑的晚,估计我们家那儿已经夜晚啦。姐姐下次一定来找你玩儿。"

冰熊王后说:"绒儿,还是让姐姐赶紧回家吧。要不姐姐的妈妈该担心了。下次姐姐有假期了,一定会来跟你多玩几天的。"

小绒眨了眨眼睛说:"嗯,妈妈,我想送姐姐一件礼物,可以吗?"

冰熊王后说:"当然可以,姐姐就跟你的亲姐姐一样,有什么不可以!"

小绒从爸爸车上搬下来一大块方方正正的蓝冰,对大耳朵冰熊说:"大耳朵叔叔,请你把它雕成小绒的模样,行吗?"大耳朵冰熊看着国王,国王点点头同意了。

在大耳朵冰熊加工蓝冰的时候,铁铃对国王说:"国王陛下,这冰能车怎么驾驶?我虽然经常坐爸爸的快艇,可是我自己却从来没有开过。"

冰熊国王说:"我这车是水陆两栖的,在水里就跟驾驶快艇差不多。你上去试一试就会了。何况海里并没有你们国家那么多车,不会撞车的,放心好啦。"

冰熊国王叫来一个冰熊,吩咐他打开冰面,放冰能车下水。冰熊国王又一挥手,后面一台带锯齿的冰能车开了过来,锯齿缓缓放下,快速旋转,冰面上很快切开一个大圆窟窿。冰熊国王和铁铃一起坐进国王的越野冰能车,他教给铁铃怎么操纵,等铁铃驾驶冰能车在冰面跑了几圈后,示意铁铃将车开进冰窟窿中。铁铃有些犹豫,国王哈哈一笑,接过方向盘,一个加速,冰能车就冲进了海里。冰能车在水中行驶得果然又稳又快,铁铃很快就学会了在海中驾驶冰能车的方法。

"你学得很快,就这么开,没问题的。"冰熊国王夸赞道。

铁铃把冰能车停在海面,冰熊国王下车回到冰面。他微笑着对铁铃摆摆手说:"再见,铁铃!早点回家吧。"

小绒跑过来,把加工好的蓝冰小冰熊送给了铁铃。原来她知道铁铃想要蓝冰块,但是爸爸妈妈不能送给姐姐蓝冰块。于是她就请大耳朵叔叔用蓝冰做成小冰熊玩偶,她要把和小绒长得一模一样的小冰熊玩偶送给姐姐——这可不能算作蓝冰块,而是小冰熊玩偶呀。

铁铃对小绒说:"小绒,这件礼物太珍贵了,姐姐可不能收。姐姐下次来,和你一起跟这个蓝冰小绒玩,好吗?你替姐姐收藏着!"

国王笑着说:"铁铃收下吧!绒儿送你的礼物,可不要客气呀!"

王后也说:"是啊,是啊,收下吧!要不绒儿会很伤心的。"

众冰熊也笑着说:"收下吧,收下吧!这是小绒的心意呀。"

铁铃只好收下了蓝冰小冰熊。她抱着小绒说:"谢谢你,小绒。姐姐会再来看你的。"

"姐姐,你一定要回来找我玩儿啊。"

"姐姐一定会再来的。"铁铃小声对小绒说,"你也要照顾好自己,别再摔跤啦。"

"再见!谢谢你们。"铁铃大声对冰面上的冰熊们说。

岸上的冰熊们举着胖乎乎的手一起挥手告别铁铃。

铁铃驾驶着冰能车,找到了大师父和二师父所在的冰窟窿。

"哇,这是冰能车吧,这么高级啊?"隆头鱼惊奇地问。

"是冰能车,这下不用再去找软岩和蓝冰了,也不用造冰能车啦,冰熊国王直接借给咱们一辆冰能车了。"铁铃说。

"就算找到软岩和蓝冰,造出来的冰能车也没有国王的这辆这么舒适气派。"隆头鱼说。

铁铃把冰能车开低一些,和隆头鱼一起,把昏睡的二师父抬进冰能车中,让他舒服地躺下,然后开车疾驰,冰能车在水中朝翡翠岛箭一般飞去,就像一条旗鱼一般快。

遨海录

冰能车刚驶出冰川王国，隆头鱼对铁铃说："等一等，我刚才寻找鱼骨草时，发现了青鳐王，他应该是被峡谷激流冲到这附近的，已经冻僵啦！"

铁铃说："那咱们要不要救他啊？"

隆头鱼说："咱们去救他吧，虽然这家伙很坏，可是已经被冻得很糟糕了，咱们不救他，他就没命啦。"

铁铃点点头，驾驶着冰能车，在隆头鱼的指引下，找到了青鳐王，果然，那家伙已经冻僵啦。这儿是黄林峡谷的尽头，激流埋头向深海涌去，黄林峡谷地表覆盖着数尺厚的寒冰，青鳐王被激流冲了出来，就躺在寒冰上。铁铃把冰能车停在了青鳐王身旁。

"师父，咱们怎么救他呢？要把他移到暖和的地方吗？咱俩可搬不动他啊。"铁铃发愁地说。

"你等着我，我先去找一些草药来！"

说完，隆头鱼沿着黄林峡谷东岸往南游去。越往南，海水越暖和，花草越多。过了三十多分钟，隆头鱼才回来。他拿出一颗火焰果递给铁铃："把他嘴巴掰开，给他喂下去。"

铁铃按照隆头鱼的吩咐，拼命掰开青鳐王的嘴巴，给他喂下了火焰果。青鳐王只是冻僵了，并没有死，他的嘴巴缓缓一动，把火焰果吞了下去。

隆头鱼又拿出一棵微星草，说："他嘴巴能动了，把微星草让他吃下去！"

铁铃又掰开青鳐王的嘴巴，把微星草给他吃下。因为火焰果的功效，青鳐王这时浑身已经暖和多了。微星草进到他的嘴巴中，他下意识地嚼了嚼，将微星草也咽了下去。

很快,青鳐王变小了,变得只有原来的五分之一左右了,和隆头鱼差不多大小。

"嘿嘿,变得这么小,这下你不能作恶了吧?"看着只有半米来长的青鳐王,铁铃笑了。

这时青鳐王醒了过来,他发现是隆头鱼和铁铃救了自己,但又把自己变成了这么小的小不点儿,心里又感激又羞愧。

隆头鱼对青鳐王说:"我们想救你来着,拖不动你,只好给你吃了火焰果和微星草。谁知你吃了火焰果这么快就醒了。你既然醒了,就没事啦。你现在变小了,过一两个月,你就会慢慢变回原来大小的。"

遨海录

青鳐王点点头,默默地游走了。

"但愿这家伙变小后,不会再打《遨海录》的主意了!"铁铃笑着说。

"希望他能改过自新吧!"隆头鱼叹息道。

铁铃和师父驾驶着冰能车风驰电掣般地朝仙玉海滩驰去。在路上,铁铃忍不住问了大师父一个憋了很久的问题。

"师父,我看你每次都像变戏法一样拿出宝贝,你这些宝贝在哪儿放着啊?"

隆头鱼说:"这也是《遨海录》中的一项本领,叫百宝囊。练会了百宝囊,可以根据自身特点,在身上存放很多小东西,需要用的时候可以很快取出来。像我,嘴巴大,我的百宝囊就在嘴里,你二师父的百宝囊在肚皮下。你要是想练,倒是可以练一件百宝囊书包试试。"

铁铃说:"这个可太神奇了!"她心里想:"这个对我太有用

了。做一个百宝囊，什么文具啊衣服啊零食啊一股脑儿放进去。想要找橡皮擦的时候，唰的一下，橡皮擦就找到了，又唰的一下，试卷就找到了，又唰的一下，鞋子就找到了……如果我的房子是个百宝囊，无论里面多乱，妈妈拍一下门，就一下找到我了！那样，她就不会觉得我的房间很乱了吧？"铁铃想着百宝囊可以改变自己房间乱七八糟的恶劣形象，顿时激动不已。

四十多分钟后，他们顺利抵达了仙玉海滩，此时翡翠岛灯火璀璨，已是晚上八九点钟的光景了。

"哦，到家了。"铁铃叹了口气。

"一直想着回家，现在终于快到家了，怎么心里高兴不起来呢？哦，也许是因为这就要和两位师父告别了吧。"她心里想。

第八章
百宝囊及其他

冰能车到达仙玉海滩,就停在铁铃第一次遇到隆头鱼的那块大青石旁。此时海水涨潮,大青石早已被海水淹没在水下了。

二师父还没有醒。

"还要半小时才能醒。"大师父隆头鱼说。

铁铃和大师父一起把二师父抬到大青石旁,靠着大青石休息。然后她拍了拍冰能车的车头,感激地说:"回去吧,谢谢你啦!"冰能车听到命令,自行转向,驶入茫茫海中,游回冰川王国去了。

看着冰能车驶远后,隆头鱼悄悄地对铁铃说:"一会儿我会把《遨海录》放在这石头下,这儿应该很安全。明早我和你二师父就在这附近,你有空就过来。"

铁铃点点头说:"嗯,我知道啦。"

隆头鱼继续说:"今天我们已经把一些《遨海录》的本领展示给你了。你有时间一定要多听多记,最好能记得滚瓜烂熟。有不懂的，每周见面时问我们。等你学完了我俩的本领，就可以学习器物篇和杂物篇啦。你祖师希望我们找个人类来当继承人，也许正是想让器物篇和杂物篇不至于失传吧。"

"你一定要记住，《遨海录》是用来帮助海洋动物的，不是用来炫耀的，因此你一定不能告诉别人关于《遨海录》的秘密。"隆头鱼郑重地叮嘱铁铃。

铁铃点点头说："我记住了！"

铁铃告别师父，回到王宫已经是晚上十点多了。

国王和王后正派人到处找铁铃。王后急得都没吃晚饭，看到铁铃浑身湿漉漉的进来，她骂道："死丫头，一百多人去找你，找了一晚上！差不多把花园、海滩都找遍了，你玩得也太野了！你要是一只海龟就好了，我可以天天把你关在水池里。下辈子，我还是生一只海龟的好。"

国王心里想："那我们家孩子不都成了乌龟王八蛋啦？"他赶紧拉拉王后的衣袖小声劝道："你生气了也不能胡乱骂孩子啊，让别人笑话了。"

他又对铁铃说："回来了就好，回来了就好。不过你这次可太过分了呀，我们都担心得要命。下次可不许这样啊，否则罚你一个月不准出门！"

王后看铁铃回来了，紧绷的心总算放松下来，也说："这孩子太野了，这就是你老吹嘘的你们老铁家的好传统啊。"

国王摇摇头说："的确，这孩子胆子太大，性子太野了！不过，我不敢确定我小时候有这么野，我顶多就和铛儿一样而已。"

王后说："你以为铛儿的胆子比铃儿小？我看他胆子也一

点不小！以后可不能纵容他俩啦。以后你别管了，越管越闹腾！看我怎么收拾他俩。"

哥哥铁铠寻找铁铃刚从外面回来，听到妈妈在数落自己和铁铃，他笑着说："铁铃，你看你，我找你一下午啦，你出去疯，我就成了妈妈的出气筒了，一个劲儿骂我，说我没有看好你。"

铁铃做了个鬼脸，想开玩笑说："以前都是我当出气筒，该轮到你啦！"不过她看见妈妈正在气头上，觉得这个玩笑效果不会好，便憋了回去。

王后问她："你倒说说，你去了哪儿？"

铁铃眼睛放光，正要把一天的神奇经历润色一下讲给妈妈听，突然想起了大师父的话，她心里一动，夸张地说："仙玉海滩的最南边，你们没有去过吧？我在那儿呢！我跟一只鱼一只虾比赛，我们每人找一个贝壳，看谁的贝壳先爬完十米。结果比了一天，我们的贝壳都没有爬完十米，但是我还是赢了，因为我的贝壳爬的最远。他们不服气，说不能放弃比赛啊，放弃的算输。我说我要回家了，我妈妈找我该着急了，再不回家，我就完蛋了。"

王后被铁铃逗得忍不住笑了，说："你这孩子，越来越会编故事了。你还记得回家呀！"

第二天一大早，在去上学前，铁铃抽空赶到了仙玉海滩。她跑到大青石旁，大师父还在附近水中，二师父也已经醒了，在水中游来游去。小绒送给铁铃的那块蓝冰也还在大青石旁。铁铃含上百灵珠，两位师父各教了一段《遨海录》的内容给她。快八点时,铁铃赶回了王宫,她悄悄地把蓝冰小冰熊也带回了王宫,放在自己房间里,然后才安心地赶去上学了。

自那以后,每周日早上,铁铃都会去仙玉海滩跟两位师父学习《遨海录》,这样一直持续了一年时间。一年后的这天下午,两位师父给铁铃讲完《遨海录》的内容后,大师父隆头鱼对铁铃说:"《遨海录》的知识,我们能教的都教给你啦。以后,我们就不会来了,你要靠自己琢磨了。"

大钳子鱼瞪着眼说:"你可要好好学,说不定我会回来跟你打一架,算作考试成绩的!"

铁铃自然依依不舍,找各种借口请求两位师父一定要再来。可是,第二周周日,师父们没有来仙玉海滩,第三周周日也没来,以后也再也没有来过了。

铁铃想念了很久,也失落了很久。她常常摸着温润如玉的《遨海录》,想着两位师父。大师父聪明睿智,二师父威武风趣,她觉得两位师父就像海中的隐者,被她幸运地遇上了,还传授了她一身本领,她真是世界上最幸运的人。

自从铁铃学习了《遨海录》以后,在她阁楼的实验室里便时常会诞生一些稀奇古怪的发明。

她发明的第一个新奇玩意儿,是一个纯钢的报信鱼。报信鱼像信鸽一样,在茫茫大海中永远不会迷路,它能千里迢迢穿过大海,把写信人说的话带到目的地,说给收信人听。铁铃将报信鱼送给了哥哥,免得哥哥在海里探险时无法及时给家里报平安,或者遇到危险时无法向家里人求助。

她发明的第二件东西,是一个可以收缩的金属球,铁铃给这金属球起名叫金刚球。金刚球是她受到通心果的启发而发明的。金刚球缩小是如乒乓球般大小的钢球，放大则是如坦克般大小的钢网。金刚球无比坚硬又聪明伶俐，能听从主人的命令攻击目标。它可以在接近目标时突然张开一张金属网，将目标罩进网中，也能将主人罩起来，免受敌人的攻击。它还能吐出一根细而坚韧的钢丝，捆住目标或作为攀爬的绳索。铁铃把金刚球送给了哥哥铁铛，它很快便成为铁铛外出历险时的首要防身武器。

遨海录

铁铃还发明了一艘奇特的快艇叫冰能船。冰能船造型优美，像一片白色的荷花花瓣。铁铃坐在冰能船里面下达指令，冰能船就会自动行驶，把铁铃送到目的地。冰能船的动力来自一个小熊形状的蓝冰模块，这让冰能船拥有了永不枯竭的强劲动力，无论顺风还是逆风，都能飞行如箭，驰骋万里。据铁铃说，她曾驾驶着冰能船，一小时就驶到了冰川王国。冰能船还可以折叠成笔记本大小的盒子，到达岸边时，将冰能船装在盒子里，拎着就回家了。铁铃把冰能船作为自己的坐骑，有时哥哥和海龟小沙出远门不带她，她就坐着冰能船尾随而去。

铁铃后来还发明了百宝囊。百宝囊虽然没有铁铃想象中那般强大，没法从根本上改变铁铃房间乱七八糟的形象，但哥哥铁铛十分中意。百宝囊是一个贴身的腰袋，里面可以放一些小玩意儿，比如报信鱼、金刚球什么的，需要用的时候，腰一扭，想取的东西就会蹦出来。这对经常遭遇危险、两只手都不够用的铁铛而言，简直是太有用了。铁铛得到妹妹送的这件宝贝，自然是千恩万谢，他一丝不苟地给妹妹唱了十遍"世上只有铁铃好"。

246